Astrid Lindgren
Kristina Forslund

Meine Kuh will auch Spaß haben

Ein Plädoyer gegen die Massentierhaltung

Deutsch von Anna-Liese Kornitzky

Verlag Friedrich Oetinger · Hamburg

MIX
Papier aus verantwortungsvollen Quellen
FSC® C014496

Die schwedische Originalausgabe
erschien bei Rabén & Sjögren Bokförlag, Stockholm,
unter dem Titel »Min ko vill ha roligt«
Deutsch von Anna-Liese Kornitzky
Nachwort zur Ausgabe von 2018 Deutsch von Kerstin Behnken
Auslandsrechte vertreten durch Saltkråkan AB, Lindingö, Schweden
Mehr Informationen unter info@saltkrakan.se
Druck und Bindung: GGP Media GmbH,
Karl-Marx-Straße 24, 07381 Pößneck, Deutschland
Printed 2018
ISBN 978-3-7891-0902-7

www.astrid-lindgren.de
www.astridlindgren.com
www.oetinger.de

Dieses Büchlein widmen wir all den schwedischen Bauern, die unbeirrt und treu an ihrer Scholle festgehalten haben, trotz ständiger Plackerei, trotz schlechter Gewinnerzielung und trotz aller Bocksprünge der Landwirtschaftspolitik dieses Landes, nach der sich die Bauern selbst dann zu richten hatten, wenn die jeweiligen Verordnungen töricht waren.
Töricht war beispielsweise der Regierungserlass aus dem Jahr 1967. Damals beschloss man, die Tierhaltung in Schweden zu industrialisieren, in großem Stil zu betreiben und gewinnbringender zu machen. Durch eine ausgeklügelte Kreditpolitik sollten die Bauern in die Lage versetzt werden, Tierfabriken zu bauen, um ihren Tierbestand in diesen Fabriken entsprechend vergrößern zu können. Man brauche weit mehr Kühe, Kälber und Schweine, das heißt, von Kühen, Kälbern und Schweinen war nicht länger die Rede, sondern von »Produktionseinheiten«, ein vornehmer Name, der damals das Licht der Welt erblickte.
Zur Zeit der bäuerlichen Kleinbetriebe bestand seit eh

und je ein nahes und freundschaftliches Verhältnis zu den Haustieren. Das änderte sich gründlich. All diese vielen Produktionseinheiten wurden für den Besitzer recht anonym, und häufig hatte man nicht einmal die Zeit oder die Möglichkeit, kranke Tiere von gesunden zu unterscheiden. Um sicherzugehen, begann man, ganze Viehbestände, gleichgültig, ob es sich um kranke oder gesunde Tiere handelte, mit Antibiotika vollzustopfen. Allmählich veränderte sich die Tierhaltung radikal. Vielen Tieren erging es schlecht, im Leben und sogar im Tod, den man ihnen in den riesigen Schlachthäusern bescherte. Unter diesen neuen Bedingungen in Schweden ein Haustier zu sein, war alles andere als angenehm, es war schwer.
»Meine Kuh will auch Spaß haben«, sagte einmal ein kleiner småländischer Bauernjunge durchaus verständig. Dass unsere Haustiere auch Spaß haben sollen, ist wohl zu viel verlangt, aber auf ein anständiges Leben ohne unnötiges Leiden sollten sie während ihres kurzen Daseins auf Erden ein Recht haben. Und Gott sei Dank sind die meisten schwedischen Bauern auch dieser Meinung.

Astrid Lindgren
Kristina Forslund

Es begann 1985. Da hast du mir geschrieben. Ich bekam also plötzlich einen Brief von einer mir völlig unbekannten Tierärztin, einer Dozentin der Tierärztlichen Hochschule, mit Namen Kristina Forslund. Du erzähltest mir von den sogenannten Fleisch produzierenden Tieren und wolltest mit meiner Hilfe eine Aufklärungskampagne ins Leben rufen, die sich für eine bessere Tierhaltung in unserem Land einsetzt. Aber warum hast du gerade an mich geschrieben, an eine Laiin auf diesem Gebiet?«

»Ich hatte längere Zeit versucht, Leute darauf aufmerksam zu machen, wie unser Fleisch produziert wird und was für ein Fleisch wir in unseren Geschäften kaufen. Aber niemand unter den sogenannten professionellen Verbraucher-Informanten mit Einfluss wollte mich anhören. Vielleicht kannten sie das Problem schon, wagten aber die Verbraucher nicht darüber zu informieren oder wollten es nicht. Als ich deinen Artikel in *Dagens Nyheter* über Kühe las, dachte ich, es gibt einen Menschen, der weiß, wie es den Tieren von heute ergeht, und der sich außerdem

Gedanken darüber macht. Ich meine deinen Artikel über die liebeskranke Kuh in *Dagens Nyheter* im Frühling 1985.«

»Ach, den! Und der war seinerseits inspiriert von einem ebenfalls in *Dagens Nyheter* erschienenen Artikel von Thomas Michélsen, in dem er von den armen Kühen in Harpsund berichtet, die ihr Leben lang Gefangene in ihrem Stall sind und niemals auf die Weide kommen. Ich selber bin ja ursprünglich ein Bauernmädchen und habe Kühe immer sehr gerngehabt. Und darum schrieb ich das, was ich geschrieben habe.«

»Und darum glaubte ich, dass du die Richtige bist, für das Recht der Haustiere auf ein anständiges Leben die Posaune zu blasen.«

»Aber Posaunentöne sind in meinem Artikel ja nicht gerade zu hören. Ich finde ihn fast ein wenig leichtsinnig.«

»Meinst du? So hast du jedenfalls geschrieben:

Dagens Nyheter, 3. Mai 1985

Wehmütig und vorwurfsvoll sehen ihre Augen den Leser (auf der ersten Seite von *Dagens Nyheter* vom 28. April) an. Hat sie es nicht gut in ihrem Kuhstall in Harpsund? Was quält diese arme Kuh bloß? Leidet sie am Ende an Verstopfung? Wenn ja, kann das niemanden wundern. Stell dir doch mal vor, lieber Leser, du bekämst jedes Mal, wenn du auf dem Klo sitzt und gerade so weit bist, einen so kräftigen elektrischen Schlag, dass du hochhopst ... Glaubst du nicht, dass dies auf die Dauer zu einer recht hartnäckigen Verstopfung führen würde?

Kuhtrainer nennt man das kleine elektrisch geladene Blechstück, das über den Kühen in Harpsund hängt. Jedes Mal, wenn eine Kuh den Rücken krümmt und drückt, um – rundheraus gesagt – zu scheißen, kriegt sie einen elektrischen Schlag, sodass sie nach hinten springt. Damit nämlich der Kuhfladen in der Jaucherinne landet und nicht etwa woanders.

Wenn ich jemandem totale Verstopfung wünsche, dann

dem Erfinder dieses Kuhtrainers. Schon vor Jahren las ich in einem Artikel, dass man dieses Ding in einem eigens dafür gebauten Gummistall unten in Schonen ausprobiere, und schon damals taten mir die Kühe leid. In meiner Einfalt glaubte ich aber, es handele sich hier um ein zufälliges Experiment, von dem man nie wieder etwas hören würde. Wie konnte ich das nur glauben? Ich hätte doch wissen müssen, dass es nichts Grausames und Dummes gibt, was der Mensch nicht bedenkenlos erfindet, um das Leben der Tiere schwerer zu machen, als es ohnehin schon ist.

Eine Sommerwiese kriegen die nie zu sehen, das erfährt man auch über die Harpsunder und rund weitere 30 000 andere schwedische Kühe, die in ihrem ganzen Leben nie aus ihrer engen Stallbox herauskommen. Auf diese Weise geben sie nämlich mehr Milch, hat man ausgerechnet. Ja, bei Kühen nimmt man es mit dem Rechnen sehr genau.

Man hat die Kuh »die große Amme der Menschheit« genannt. Sie ist für uns unentbehrlich, und zum Dank dafür machen wir sie zum Kettensträfling auf Lebenszeit. Als solchem sind ihr freilich gewisse Unannehmlichkeiten in Form von Entzündungen des Euters und Erkrankungen der Beine und der Klauen beschieden, aber trotzdem ist es besser, sie gewöhnt sich gar nicht erst an irgendwelche Sommerwiesen, denn die ver-

schwinden ja ohnehin so nach und nach. Obgleich es ja doch wohl ein bisschen überschlau ausgetüftelt ist, Kühe nicht im Freien grasen zu lassen.
Die Wiesen und Wäldchen, das Lieblichste und Schwedischste, was es überhaupt gibt, brauchen, um nicht zu verwildern, Kühe und andere Weidetiere. Und die Kühe brauchen die Weiden zum Herumwandern und Grasen, um gesund zu bleiben, und vielleicht auch ein wenig, um den Sommer zu genießen. Kühe und Wiesen brauchen einander, und wir brauchen Wiesen und Kühe, gesunde Kühe, aber so gut darf es in Schweden nicht länger sein.
Die Tierärzte und sicherlich auch der Großteil der schwedischen Bauern wollen weder etwas vom Kuhtrainer noch von lebenslanger Einsperrung ihres Viehs wissen, und das ehrt sie.
Es gibt noch anderes, was man infrage stellen könnte. (Und wenn ich das jetzt tue, werde ich wohl ausgelacht werden, aber wenn schon!) Ein mir bekannter Tierarzt hat mir erzählt, dass die Kühe heutzutage nicht mehr richtig brünstig werden. Wieso das denn nicht? Ob das daran liegt, dass zu den Kühen in Harpsund oder anderswo kein Bulle mehr kommt?
Es kommt nur noch ein Besamer und gibt ihnen eine Spritze, sodass sie alljährlich ihr Kalb zur Welt bringen. Das kriegt die Kuh zwar nur einen kurzen Augen-

blick zu sehen, aber dank des Kälbchens kann sie für eine Weile wieder die große Amme der Menschheit sein. Der Besamer mag für den Viehbesitzer und für die Zucht gut sein, aber den wehmütigen Blick der Harpsunder Kuh versteht man jetzt noch besser. Früher hatten sie und ihresgleichen doch wenigstens einmal im Jahr einen Freudentag in ihrem armen Kuhleben. Wenn der Bulle zu Besuch kam! Ganz so viel Spaß macht die Sache mit dem Besamer wohl nicht. Jedenfalls vom Standpunkt der Kuh aus, vermute ich.
Ein Bauer, den ich kenne, hat mir eine Geschichte erzählt. In seinem Kuhstall gab es früher einen Bullen, der die Kühe der Gegend bediente. Heute aber bestellt dieser Bauer genau wie alle anderen den Besamer. Nun liegt etwa fünf Kilometer vom Hof dieses Bauern entfernt eine kleine Kätnerstelle, und die Leute dort besaßen eine einzige Kuh. In einer Winternacht – es schneite, und der Sturm wehte mit einer Sekundengeschwindigkeit von dreißig Metern – spürte diese Kuh, dass jetzt die Stunde für die Liebe gekommen war. Sie spürte es mit aller Macht. Und sie brach aus dem Stall aus und rannte die fünf Kilometer in heulendem Schneesturm zu dem Kuhstall, wo sie früher die Freuden der Liebe genossen hatte. Aber die Stalltür war verschlossen, und dort drinnen gab es auch keinen Bullen mehr. Enttäuscht hinterließ sie als Zeichen dafür,

dass sie da gewesen war, unmittelbar vor der Tür ihre Visitenkarte und kehrte dann zu ihrer einsamen Stallbox zurück.
»So muss eine Kuh sein«, sagte der Bauer, seine Geschichte von der feurigen Kuh abschließend. Als die Sache in der Gegend bekannt wurde, war man voller Bewunderung. Man schaute sich die zerbrochene Box und den Kuhfladen vor der Tür an und wusste, wie alles zugegangen war.
Ja, so müssen Kühe sein. Aber sie sind es nicht mehr. Sie sind, so sieht es jedenfalls aus, bald ebenso unglücklich wie die Schweine und Hühner und Hähnchen in den Tierfabriken. Und das ganz abgesehen davon, wie es um ihr Liebesleben steht.

Dieser Artikel leitete eine intensive Zusammenarbeit zwischen Kristina und mir ein. Kristina lieferte die Fachkenntnisse und ich die Schreibarbeit. Es entstand eine lange Reihe von Artikeln in der Zeitung *Expressen*.
Eine breite Meinungsbildung zu erreichen, erwies sich als leichter, als wir geglaubt hatten. Das schwedische Volk ist nämlich ein tierliebendes Volk, und so kam es fast zu einem Sturm der Entrüstung. Dcch Entrüstungsstürme ändern noch lange keine Gesetzesparagrafen. Zu guter Letzt brachte die Regierung aber doch einen Entwurf für ein neues Tierschutzgesetz ein. Wir beide, Kristina und ich, nehmen für uns keineswegs die Ehre in Anspruch, dies allein bewirkt zu haben, weit entfernt davon! Wir haben nur unseren Teil zu einer Arbeit beigetragen, mit der sich schon viele andere vor uns abgerackert haben.
Wunschgemäß haben wir die im *Expressen* erschienenen Artikel gesammelt. Auch im Ausland hat man sich für dieses Material interessiert und möchte es veröffentlichen. Und da die Tierhaltung in den meisten Ländern noch ein

Gutteil unter dem Niveau der schwedischen liegt, haben wir dazu beitragen wollen, durch diese Artikel vernünftiges Nachdenken anzuregen.
»Im ersten Artikel ist von einer Tierärztin namens ›Lena‹ die Rede. Jetzt frage ich dich, Birgit Kristina Forslund, warum du dich so hartnäckig geweigert hast, unter deinem richtigen Namen aufzutreten? Anfangs jedenfalls.«
»Oh, weil ich wusste, was mir dann blühen würde! Ich wagte es ganz einfach nicht, öffentlich für meine ketzerischen Ansichten einzutreten. In diesen Fragen war – und ist – man sich in der Tierärzteschaft ja so uneinig. Es sind bei Weitem nicht alle Kollegen, die dem Tierschutz den Vorrang vor den ökonomischen Interessen der Wirtschaft einräumen. Seltsamerweise, denn die Gesellschaft erwartet von uns Tierärzten ja doch wohl, dass wir in erster Linie den Tierschutz im Auge haben.
Ich muss dir gestehen, dass ich zu jener Zeit, also vor unserer Kampagne, vor einer Entscheidung stand. Ich fühlte mich nicht imstande, meine tierärztliche Tätigkeit fortzusetzen, wenn sie nur darin bestand, Antibiotika und andere Medikamente Tieren zu verordnen, die nur deshalb krank waren, weil sie in einem falschen System lebten. Sie durften sich nie im Freien aufhalten, wurden falsch ernährt, hausten in der falschen Umgebung und wurden während der langen Transporte zu den Schlachthöfen und sogar bei der Schlachtung selbst unerträglichem Stress ausgesetzt.

Ich wollte meinen Beruf nicht länger ausüben, wenn mir nicht die Möglichkeit geboten wurde, das, was falsch war, zu ändern. Schon seit 1974, als ich meine Arbeit als Tierärztin begann, habe ich versucht, der Auffassung Gehör zu verschaffen, dass unsere Kühe und Kälber, unsere Jungbullen und Schweine, unsere Hühner und Hähnchen, überhaupt alle Tiere, Angst, Schmerzen und Depressionen empfinden, wenn sie krank sind, und Freude und Lebenslust, wenn man sie gut behandelt. Und diese Erkenntnis gilt auch dann, wenn man es mit ›Produktionseinheiten‹ zu tun hat. Man hat mich ausgelacht und behauptet, ›die Leute‹ wären niemals bereit, das zu bezahlen, was diese Art ›humaner‹ Tierhaltung den Konsumenten kosten würde. Darauf erwiderte ich, dass die Konsumenten, wenn sie wüssten, wie es bei der Massenproduktion ihrer Koteletts und Eier zugeht, genau wie ich aufhören würden, diese in Massen produzierten Lebensmittel zu kaufen. Doch die Leute wüssten ja nicht, wie es in den gut bewachten Schlachthöfen und Tierfabriken mit dem Türschild ›Eintritt verboten!‹ aussehe. Aber ich wüsste es!«

»Weißt du, Kristina, wenn ich ein deprimiertes Schweinchen wäre, dann wärst du von allen Tierärzten die Erste, die ich mit meinem verzweifelten Gequieke herbeirufen würde. Aber wie wäre es, wenn wir jetzt mit dem ersten Artikel im *Expressen* loslegen würden?«

(Nach diesem Artikel verschwand »Lena« für immer, und es war Kristina völlig gleichgültig, welche Einwände die Tierärzteschaft gegen ihre Stellungnahme vorbringen würde.)

22. September 1985

Der Sommer geht zu Ende, und ganz gewiss ist er zwischen den Regenschauern wunderbar gewesen. Mein Sommerbild Nummer eins, das ich mit in die Herbstdunkelheit nehmen werde, ist ein Birkenhain in Uppland. Es ist das lieblichste, engelhaft schöne Fleckchen Erde mit grünem Gras, mit Glockenblumen und Margeriten und hier und da auch mit vielen Walderdbeeren. Und – bei Gott – auch mit einer leibhaftigen Kuh, einer einzigen. Sie ging dort umher und graste und sah so ländlich idyllisch aus, und ich dachte: Liebe Rölla – denn so wirst du wohl heißen –, wie nett ist es, dich zu sehen! Hier wanderst du also umher und bist ganz einfach eine zufriedene schwedische Kuh. Und nicht wie so viele deiner Mitschwestern ringsum in unseren Ställen eine »Produktionseinheit«, die zu lebenslänglicher Gefangenschaft verdammt ist. Aber davon weißt du vielleicht gar nichts – sei froh darüber!
Ich kann dir nur sagen, dass, wenn alle Kühe und

Kälber und Schweine und Hühner dieses Landes, die man ihrer »menschlichen« Rechte beraubt hat, aus ihren Tierfabriken und Ställen ausbrechen könnten und beispielsweise hier unter den Birken eine Art Tiertribunal abhielten, dann würde von dieser Weide aus ein blutiges Wehgeschrei im ganzen Land erklingen, ein Wehgeschrei, das die Fensterscheiben in den Räumen des Schlachtereiverbandes zerspringen und womöglich das Trommelfell des gesamten schwedischen Volkes platzen ließe, sodass es wenigstens damit anfangen würde, sich dies und das zu fragen. Sich zu fragen, ob es wirklich recht und anständig ist, Tiere so zu behandeln, wie man es in diesem tierliebenden Land tatsächlich tut.

Aber ein Tiertribunal ist etwas, das nur in Märchen vorkommen kann. Und hier geht es um die raue Wirklichkeit. Und von dieser Wirklichkeit möchte ich ein bisschen erzählen.

Aber gewiss doch, wir Schweden sind Tierfreunde, das wurde mir durch eine Flut von Briefen klar, die bei mir eintraf, nachdem ich im Frühling ein paar Wörtchen zur Verteidigung der Kühe geschrieben hatte.

Aber im Allgemeinen wissen die Leute einfach nicht genug, um sich die Sache wirklich zu Herzen zu nehmen und klipp und klar zu sagen: So kann es nicht weitergehen!

Eine Briefschreiberin – wir können sie Lena nennen – wusste jedenfalls Bescheid, und mehr als das.
Lena ist Tierärztin und Dozentin für Wiederkäuer-Medizin. Sie hat von leidenden und verängstigten Tieren in Schlachthäusern und Tierfabriken genug gesehen, genug von kranken, gestressten, lebenslänglich eingesperrten Kühen und Schweinen und Kälbern. Was sie empfindet, ist tiefe Verzweiflung und ohnmächtige Wut über – wie sie es nennt – »unsere Übergriffe auf das Leben selbst«.
Warum geschehen denn diese Übergriffe in Jahr für Jahr steigendem Maße? Wer oder was zwingt denn tierfreundliche schwedische Bauern dazu, eine derartige legale Tierquälerei mitzumachen?
Gewinnerzielung ist das Schlüsselwort! Es ist die Gewinnerzielung, die so große Opfer erfordert und aus jeder »Produktionseinheit« mehr und mehr herausholen will.
Natürlich muss sich die schwedische Landwirtschaft lohnen, sie muss gewinnbringend sein, das versteht sich von selbst. Aber geht es hier nicht um eine Rentabilität, die total verkehrt ist und sich letztlich in ihr Gegenteil verkehrt? Ist es nicht Zeit für den Versuch, neue Wege zu beschreiten?
Den einzelnen Bauern kann man diese traurige Entwicklung nicht anlasten, sie haben es ohnehin nicht

leicht und kriegen von dem Rentabilitätskuchen übrigens auch gar nicht so sehr viel ab.
Außerdem wird der Bauer, der sich gegen diese Einstellung wehrt, als rückständig betrachtet und riskiert es, sich mit dem Schlachtereiverband und dem Landwirtschaftsausschuss anzulegen, was für einen einzelnen Bauern nicht ratsam wäre, sofern er nicht ökonomisch völlig unabhängig ist.
Der Schlachtereiverband behauptet hartnäckig, dass alle diese von der Wiege bis zum Grabe eingesperrten Tiere es ausgezeichnet haben, sonst würden sie nicht so fleißig produzieren. Und der Verband steckt höchst ehrgeizig große Summen in die Forschung, damit wir so gute Lebensmittel wie nur möglich erhalten. Aber liegt die Forschung nicht manchmal doch etwas schief? Alle diese Tiere, die es in ihren engen Tierfabriken so gemütlich haben, warum finden die das nicht auch selber? Warum beißen beispielsweise Schweine einander die Schwänze ab? Für Wohlbehagen kann das wohl kaum ein Anzeichen sein, sondern nur für unerträglichen Stress.
Nun ja, dann muss eben geforscht werden, meint der Schlachtereiverband. Nicht, wie man glauben könnte, um eine angenehme Umweltverbesserung zu finden und dadurch den Stress zu vermindern. Nein, man möchte, dass die Forscher ein Schwein züchten, das

stresswiderstandsfähiger ist, vermutlich eins, das sich mit Vergnügen den Schwanz abbeißen lässt. Stresswiderstandsfähiger müsste das Schwein auch sein, wenn es geschlachtet werden soll. Nicht in dem Zustand wie jetzt, wo es, entsetzt und außer sich vor Stress, eingezwängt zwischen einer Menge zahlloser ebenso entsetzter Schweine durch elektrische Schläge einem Ende entgegengetrieben wird, das es schließlich endgültig von seinem Stress befreit.

In Erwartung eines solchen wirklich stresswiderstandsfähigen Schweines kann man solche Unruhestifter, die ihren Nachbarn in den engen Boxen mangels anderer Beschäftigung die Schwänze abknabbern, ja dadurch ruhigstellen, dass man ihnen ein Mittel namens Hogpax verabfolgt. Das macht die Schweine brav und unterwürfig und geneigter, sich den Schwanz abbeißen zu lassen.

Mir wird jetzt klar, warum die Schweinekoteletts nicht mehr so schmecken wie früher.

Was die Schlachtschweine und Käfighühner betrifft, hat Lena die Hoffnung auf eine Veränderung zum Besseren aufgegeben. Aber sie glaubt, dass ein sofortiger heftiger Protest vielleicht eine letzte Chance bietet, Kühe und Kälber vor lebenslanger Einsperrung im Stall zu bewahren. Im Grunde, so meint sie, bedürfe es eines Gesetzes, das das Weiderecht der Milchkühe während des Sommers schützt. Vielleicht könne man sogar auch dem Jungvieh, Färsen und Jungbullen, ein wenig Sommerfreude schenken, eine wenigstens zeitweilige Befreiung von Lattenrosten und zu engen Boxen, wo die armen Tiere bis zu ihrem Tod in Gewahrsam gehalten werden. Sie einmal die Sonne sehen lassen, einmal den mörderischen Lärm der Ventilatoren loswerden lassen, einmal frische Luft atmen lassen statt Dunggase. Kein Mensch darf – so hat es das Arbeitsschutzgesetz bestimmt – solche Gase einatmen. Aber unsere Kälber dürfen es Tag und Nacht ihr ganzes kurzes Leben lang.

Ist das nicht verrückt?, fragt man sich. Sollen Tiere, die das Gras unserer Wiesen und Wäldchen in hochwertiges Protein verwandeln können, das nicht dürfen (und damit auch gleichzeitig die Verwilderung verhindern)? Dürfen Tiere nicht in einem für sie natürlichen Rhythmus wachsen, statt (bewegungslos eingesperrt), mit einem Übermaß an Getreide gemästet, doppelt so schnell zu wachsen? Und dürfen sie mit Unmengen von Antibiotika vollgepfropft werden, damit sie nicht an Lungenentzündungen, Geschwülsten und Leberleiden verenden, von denen sie ständig geplagt werden?

Noch einmal: Ist das nicht verrückt? Ist es wirklich klug und vertretbar, unsere Kühe mit Getreide zu überfüttern, wenn es auf unserer Erde hungernde Menschen

gibt, die es nötiger brauchen? Ganz abgesehen davon, dass es uns häufig schwerfällt, unseren Fleischberg loszuwerden. Müssen wir wirklich jede Kuh zu einem Fleischgebirge mit schleppenden Eutern machen, zu einer »Produktionseinheit«, die sich kaum noch rühren kann?
Ich finde, wir Verbraucher sollten in den Kaufstreik treten und klipp und klar sagen, dass wir kein minderwertiges Fleisch mehr wollen und nicht länger bereit sind, zum Leiden unserer Haustiere beizutragen. Selbstverständlich ist das Fleisch, das zum Verkauf angeboten wird, den gesetzlichen Bestimmungen gemäß von Tierärzten besichtigt und als nicht gesundheitsschädlich anerkannt worden. Und trotzdem: Ich begreife langsam, warum auch unsere Beefsteaks und Kalbsbraten nicht mehr so schmecken wie früher.
Nun behaupten aber die Gewinnerzielungsprediger, dass kein Verbraucher bereit sei, einen so beträchtlich höheren Fleischpreis zu bezahlen, wie ihn der Verzicht auf diese Methoden erforderlich machen würde. Ach, wirklich nicht? Ich kenne jedenfalls eine Verbraucherin. Und ich glaube, dass viele mit mir lieber seltener ein gutes und etwas teureres Stück Fleisch essen als häufiger ein schlechtes, was übrigens auch nicht gerade billig ist.
Möchte man gutes Fleisch haben, muss man sich an

kleine Hersteller wenden, kleine Schlachthöfe. Solche gibt es noch, aber wenn wir Verbraucher nicht lauthals schreien und unsere Meinung sagen, dann sind sie bald verschwunden.
Die Gewinnerzielungsprediger werden diesen Angriff auf die heutige Landwirtschaft nicht verstehen. Sie werden hartnäckig bei ihrer Behauptung bleiben, dass es die in Tierfabriken eingesperrten Tiere im Grunde gut haben.
Na, dann zeigt uns das doch mal! Lasst uns doch mal sehen, wie wohl sie sich fühlen! Lasst doch das Fernsehen mal eine Serie von Reportagen darüber machen! Nein, davon wollen die Gewinnerzielungsprediger nichts hören. Und das versteht man. Das Risiko, dass wir dann alle Vegetarier werden, ist nämlich zu groß. Und was wird dann aus der Gewinnerzielung? Wer streicht die Gewinne überhaupt ein? Die Hersteller jedenfalls nur zu einem sehr kleinen Teil. Die Bauern werden schlecht für ihr Fleisch bezahlt.
Es dürfte höchste Zeit sein, die schwedische Landwirtschaftspolitik zu überprüfen. Und sie so zu ändern, dass die schwedischen Bauern es sich leisten können, eine Viehzucht zu betreiben, die nach ihrer eigenen tiefsten und ehrlichen Überzeugung recht und billig ist.

Wie nicht anders zu erwarten, löste der Artikel große Empörung, aber hier und da auch heftige Kritik aus. Als Erstes trat der Vorsitzende des Schlachtereiverbandes auf den Plan. Er fand, ich hätte den Leser auf »eine beklemmende Geisterfahrt zur Hölle der Tiere« mitgenommen, und missbilligte, dass ich Kritik am Schlachtereiverband geübt hatte, statt die für die Tierhaltung verantwortlichen Politiker aufs Korn zu nehmen. Darauf antwortete ich ihm, dass es sich in der Tat um eine beklemmende Geisterfahrt der Tiere zur Hölle handele, dass aber nicht ich diesen Zug steuerte, und ebenso wenig sei ich es, die sich als Erste die Politiker vorknöpfen müsse, vielmehr seien es gerade der Schlachtereiverband und andere große landwirtschaftliche Organisationen, die dies zu tun hätten, damit in der Landwirtschaftspolitik eine bessere Ordnung herrsche. Und im Tierschutz. Ich gab dem Vorsitzenden ein paar gute Ratschläge, wie das zu bewerkstelligen sei:

Dagens Nyheter, 27. September 1985

Lade doch mal die Politiker ein, verschiedene Schlachthöfe zu besuchen. Zeig ihnen beispielsweise, wie man die Schweine mit elektrischen Schlägen im Eiltempo zur Schlachtung treibt. Lass sie doch mal hören, wie das letzte Schwein in einer langen Reihe von gestressten anderen Schweinen, die wegen des Gedränges nicht so schnell vorwärtskommen, wie der Antreiber es wünscht, vor Schmerzen laut schreit. Versetz den Politikern auch gern mal einen aufmunternden kleinen Probeschlag, damit sie wissen, wie dem Schwein zumute ist.

Du kannst ihnen ja auch, etwas schonend natürlich, erzählen, was im Schlachthof manchmal so passiert – deshalb, weil dort alles mit so widerwärtiger Geschwindigkeit geschehen muss. Also: Wenn das Schwein betäubt und abgestochen und ausgeblutet ist, dann wirft man es in den Brühkessel. Da kann es passieren, dass es nicht hinreichend ausgeblutet ist, sondern in dem brühheißen Wasser wieder zum Leben erwacht und so lange verzweifelt herumschwimmt, bis es ertrinkt – und damit geht eine Produktionseinheit zum Teufel, denn dieses Schwein muss aussortiert werden.

Noch ein Vorschlag: Du kannst die Politiker auch mal zugucken lassen, wenn Kälber und Milchkühe zerlegt werden, und sie dann nachrechnen lassen, wie viele Tiere noch eine gesunde Leber haben und wie viele wegen Veränderungen der Leber aussortiert werden müssen. Solche Abszesse kriegen die Tiere nämlich – wie du sicherlich besser weißt als ich –, weil sie nicht die Nahrung bekommen, für die ihre Mägen geschaffen sind, sondern weil sie mit Getreide überfüttert werden.

Gut wäre es auch, wenn du die Politiker mal mitnimmst und ihnen die eingesperrten Kälber zeigst. Lass sie mal die Dung- und Ammoniakgase riechen, damit sie besser verstehen, warum zur Bekämpfung der Lungenentzündungen Unmengen von Antibiotika verabfolgt werden müssen. (Aber ja, du hast recht, auch wir müssen Antibiotika nehmen, wenn wir krank sind, der Unterschied ist nur der, dass wir nicht unser ganzes Leben lang Tag und Nacht Ammoniak einatmen müssen und deshalb auch nicht ganz so oft Lungenentzündung bekommen.)

Danach kannst du den Politikern ja all die klugen Dinge sagen, die du hier in deinem Brief gesagt hast. Sag ihnen, dass es durchaus nicht so ist, wie wir uns das gedacht haben. Wir wollen Tiere haben, denen es gut geht, und das wollen unsere Bauern auch. Und darum muss die Landwirtschaftspolitik so geändert werden, dass die Bauern – die ökonomisch sowieso zu kämpfen haben – es sich leisten können, auf eine andere und richtigere Weise Viehzucht zu betreiben. Bist du, Sven Tidala, nicht mit mir der Meinung, dass es das SYSTEM ist, das geändert werden muss? Nicht etwa die Bauern, und übrigens auch nicht der Schlachtereiverband. Aber eine Änderung muss kommen. Sonst hoffe ich, dass das schwedische Volk eine Revolution macht!

Ja, ganz gewiss ist es das System, das geändert werden muss. Der Schlachtereiverband hat alles nur Erdenkliche getan, um die Tierbetreuung zu verbessern, aber eine grundlegende Verbesserung wurde daraus nicht.
Und wir beide, Kristina und ich, versuchten weiterhin, die öffentliche Meinung zu beeinflussen.
Dann kam die erfreuliche Nachricht, dass in Schweden ein neues Futtermittelgesetz erlassen werden würde, ein Gesetz, das die Verwendung von Arzneimitteln zur Wachstumsförderung im Viehfutter untersagte. Der Gebrauch von Arzneimitteln zu vorbeugenden Zwecken und bei kranken Tieren erfordert die Verschreibung durch einen Tierarzt. Bisher hatten Tierhalter ihren gesamten Viehbestand nach dem Gießkannenprinzip mit Arzneimitteln versorgen können, damit die Tiere schneller wuchsen. Das sollte also ein Ende haben.
Nun stellte eine misstrauische Grüblerin aber folgende Überlegungen an: Ist das nicht auch wieder so ein ineffektives Gesetz, von denen wir ja schon so viele haben?

Würde ein Kreistierarzt wirklich Nein sagen, wenn ihn ein Tierhalter um die Verschreibung von Antibiotika bittet? Sich darauf zu verlassen, würde leichterfallen, wenn die Kreistierärzte im Staatsdienst ständen und ihr Lebensunterhalt nicht von den Tierbesitzern abhängig wäre.
Der Gesetzentwurf wurde damals, im Oktober 1985, gerade geprüft, und ich schrieb – mit welcher Wirkung, sei dahingestellt – im *Expressen* Folgendes:

11. Oktober 1985

Hallo, alle ihr Schweine, Kälber und Hähnchen in den schwedischen Tierfabriken! Bald winkt euch ein Jubeltag, jawohl, denn das neue Futtermittelgesetz soll demnächst ratifiziert werden, und ich bin überzeugt davon, dass alle eure vielen Freunde im Landwirtschaftsministerium, in der Landwirtschaftskammer, im Schlachtereiverband und den anderen Organisationen wie ein Mann aufstehen und erklären werden, Hähnchen dürfen nicht mehr mit Arzneimitteln vollgestopft werden, damit sie schneller wachsen, und auch ganze Viehbestände, egal ob krank oder gesund, dürfen nicht mit Antibiotika gefüttert werden.

Wie bitte? Ihr glaubt mir nicht? Aber ich habe ja mit eigenen Ohren gehört, wie sie im Fernsehen gesagt haben, sie wollten alles tun, um das, was in der Tierhaltung falsch sei, zu ändern. Sodass es bald ein Vergnügen sein wird, in Schweden ein Schweinchen oder Kalb oder Hähnchen zu sein! Ja, ob sie sich wortwörtlich so ausgedrückt haben, weiß ich nicht mehr genau, jedenfalls war dies ohne Zweifel der Sinn ihrer Aussage. Und was den Schlachtereiverband betrifft, so steht in seiner Broschüre »Betreuung und Pflege in der Tierhaltung«: »Kranke Tiere sind übel dran. Zum Besten der Tiere sollen Antibiotika auch künftig zu Heilzwecken verwendet werden ...«

Ausgezeichnet! Denn hier ist ja ausdrücklich von kranken Tieren die Rede. Es steht nicht darin, dass, wenn 20 Prozent des Tierbestandes erkrankt sind, auch die übrigen 80 Prozent täglich ihre Dosis Antibiotika, verrührt im gemeinsamen Frühstücksbrei, einnehmen sollen. Aus Bequemlichkeit und weil man keine Zeit hat, die wirklich kranken Tiere auszusortieren.

Dies möchte der Schlachtereiverband nun ganz offensichtlich ändern. Wahrscheinlich stellt man dort ganz logisch etwa folgende Überlegungen an: »Wie verrückt darf man eigentlich sein? Man stelle sich – nur zum Vergleich – einmal vor, 20 Prozent der Angestellten des Schlachtereiverbandes bekämen plötzlich Lungenentzündung. Würden wir denn dann etwa nichts Eiligeres zu tun haben, als dem gesamten Personal, angefangen beim Vorsitzenden bis hinunter zum jüngsten Lehrling, eine Penizillinspritze zu verpassen oder einen Teller voll Gemeinschafts-Antibiotika-Pamps als Kantinenessen zu servieren? Nein, nein!«

Und neue Tierschutzbestimmungen soll es ja auch

geben, wenn es endlich so weit ist. Da könnt ihr, alle meine Schweinchen, Kälber und Hähnchen, ganz getrost und ruhig sein. Eure vielen Freunde im Landwirtschaftsministerium, in der Landwirtschaftskammer, im Schlachtereiverband und allen anderen Organisationen werden diese neuen Bestimmungen schon scharf überwachen. Denn sie alle wünschen von ganzem Herzen, dass euer kurzes Dasein auf Erden so friedlich wie möglich und fern von jeglicher Tierquälerei verläuft.

Wie bitte? Ihr glaubt mir nicht? Ich verstehe, wenn ihr nach allen trüben Erfahrungen ein wenig misstrauisch geworden seid. Aber ihr hört ja, was ich euch sage: Bald winkt allen Tieren im Lande ein Jubeltag. Und in diesen Jubel wird – von einigen schändlichen Ausnahmen abgesehen – das ganze schwedische Volk einstimmen.

Der *Expressen* brachte als Illustration zu den Artikeln eindrucksvolle Fotos von Hühnerkäfigen und verstörten Säuen. Wo die Tiere in Sprechblasen passende Auszüge, beispielsweise aus meinem Artikel »Gespräch mit zwei Lebenslänglichen«, zitierten.

27. Oktober 1985

Neulich habe ich zwei unserer üblicherweise zu lebenslanger Haft Verurteilten besucht. Beide gehören dem sogenannten schönen Geschlecht an. Aber von Schönheit konnte bei beiden weiß Gott nicht mehr die Rede sein, dazu hatten sie schon zu lange gesessen. Und keine von beiden schien sonderlich erfreut zu sein, mich zu sehen. Die Erste, die ich besuchte, wirkte direkt abweisend, wodurch ich mich jedoch nicht abschrecken ließ.

»Tagchen! Wie heißt du denn, wenn man fragen darf?«, sagte ich so einschmeichelnd, wie ich nur konnte. Sie starrte mich aus ihren kleinen runden Augen erbost an.

»Soviel ich weiß, heiße ich gar nicht«, sagte sie nach kurzem Nachdenken.

»Ja, aber einen Namen musst du doch haben, sonst kann ich nicht mit dir reden. Was hältst du beispielsweise von Lovisa, wäre dir das recht?«

Sie legte den Kopf schief, wie um in sich hineinzu-

horchen, und schien nichts gegen den Namen zu haben.
Ich merkte, dass sie schon ein wenig auftaute. »Zu welcher Rasse gehörst du, Lovisa?«, fragte ich.
Da reckte sie ihren mageren Körper.
»Weißes Leghorn«, sagte sie stolz.
»Woher weißt du das? Du hast doch gar keine Federn.«
»Nicht?«, sagte Lovisa. »Ich hab doch sogar mehrere.«
»Aber nicht genug«, sagte ich. »Und bestimmt keine weißen. Keinesfalls das, was man ein weißes Gefieder nennen könnte.«
»Müsste ich das denn haben?«, fragte Lovisa betrübt.
»Tja, müsste und müsste! Jedenfalls hat sich das unser Herrgott wohl ursprünglich so gedacht, dass du und alle anderen deiner Rasse weiß und reich befiedert sein sollen.«
Jetzt wurde Lovisa zornig.
»Dann hätte Er das denen ja sagen können, diesen drei Satansweibern, die bis jetzt mit mir im Käfig saßen.«
»Wo sind die denn geblieben?«, fragte ich.
»Die sind heute früh zum Schlachten geholt worden, Friede sei mit ihnen! Aber bestimmt kriege ich bald wieder drei neue Satansweiber hier rein. Und das eine sag ich dir: Wenn in so einem jämmerlich kleinen Käfig

vier Hennen hocken, dann geht das Gefieder flöten, so oder so.«

»Das verstehe ich«, sagte ich. »Aber ehrlich gesagt, Lovisa, siehst du geradezu abschreckend hässlich aus. Und was für fürchterliche Klauen du hast! Kannst du denn mit solchen Füßen überhaupt gehen?«

»Nee, stell dir vor, das kann ich nicht! Aber zum Gehen hab ich ja auch gar keinen Platz, also kann's mir auch egal sein.«

»Blutende Wunden im Nacken hast du auch«, sagte ich.

»Dann solltest du erst mal die anderen Satansweiber sehen«, sagte Lovisa, offensichtlich stolz.

»Ja, willst du denn damit sagen, dass du ...«

»Schließlich hab ich einen prima Schnabel. Auf mir hackt keine ungestraft rum. Und wenn der Stress einen so richtig packt, dann tut es gut, Blut fließen zu sehen.«

»Und ich habe gedacht, du legst immerzu nur Eier. Wenigstens behaupten das alle. Was ja bedeutet, dass du dich hier in deinem Käfig wohlfühlst. Sagt die sogenannte Sachkenntnis.«

»Dann frag doch mal die sogenannte Sachkenntnis, wie ich das anstellen soll, keine Eier zu legen. Wenn unser Herrgott mich nun mal mit Eiern vollgestopft hat, die rausmüssen, ob es mir nun passt oder nicht.«

»Aber die Sachkenntnis findet diesen Großbetrieb

doch ganz ausgezeichnet. Kannst du denn gar nichts Gutes daran entdecken?«

Lovisa dachte nach.

»Tja, höchstens, dass man hier ohne Hahn auskommt, vielleicht sehen die das ja als Extravergünstigung an, was weiß ich. Ja, und dann noch, dass wir hier Antibiotika umsonst kriegen, wenn wir uns mies fühlen. Und das tut man hier.«

»Darf ich deine Worte so deuten, dass du den Wohltaten des Großbetriebes direkt kritisch gegenüberstehst?«

»Die darfst du, verdammt noch mal, deuten, wie du willst. Die Sachkenntnis kümmert sich sowieso einen Dreck darum, was ich finde.«

»Du solltest vielleicht in die Schweiz auswandern«, schlug ich vor.

»Wieso das denn?«, fragte Lovisa misstrauisch.

»Wieso nicht? Da darf beispielsweise ein Hühnerbesitzer höchstens 2200 Hühner haben.«

»Ach, du liebe Zeit! Haben die da wirklich Käfige für so viele?«, fragte Lovisa.

In diesem Punkt konnte ich sie beruhigen.

»Schweizer Hühner dürfen nicht in Käfigen gehalten werden, das steht im Gesetz. Die laufen draußen herum.«

»Jetzt lügst du mir die Hucke voll«, sagte Lovisa. Aber sie versank offensichtlich in angenehme Träumereien

über die Freilandhühner, die es da in der Schweiz gibt.
»Kannst du raten«, sagte ich, um sie wieder aufzuwecken, »wie viele Hühner ein schwedischer Hühnerbesitzer höchstens haben darf?«
»Nee, aber es könnte ja interessant sein, das zu wissen«, sagte Lovisa.
»230 000.«
Lovisa zuckte zusammen. »Sag das noch mal«, bat sie.
»230 000«, sagte ich.
Lovisa war eine Weile still. Schließlich sagte sie:
»Dann gibt's hier ja richtige Eier-Vielfraße!«
Einen weiteren Kommentar machte sie nicht. Und das war ja auch nicht nötig.
»Du verstehst wohl, Lovisa«, sagte ich, »dass die Sachkenntnis das völlig anders sieht als du. Ich lese dir mal vor, was darüber in dem landwirtschaftlichen Beschluss von 1967 steht. Hör mal zu!
– Besonders innerhalb der Federvieh- und Eierproduktion sind die Vorteile der Großbetriebe deutlich geworden, was vom Standpunkt des Verbrauchers den Nutzen hat, dass die Produkte dadurch von hoher und gleichmäßiger Qualität sind. –
Na, Lovischen, was sagst du dazu?«
»Blödsinn, sag ich dazu. Der Standpunkt des Verbrauchers ist mir schietegal, aber ich könnte dir schon ein

paar Lovisa-Standpunkte mitteilen, die die Sachkenntnis blass werden ließen. Aber ich bin ja nur die, die die ›Produkte‹ fabriziert«, sagte Lovisa höhnisch, »also brauchen die sich um mich ja nicht zu kümmern.«
»Aber glaub mir, die Verbraucherstandpunkte haben sich so zu ändern begonnen, dass es direkt gefährlich werden kann.«
»Gefährlich für wen?«, fragte Lovisa.
»Gefährlich für die Gewinnerzielung«, sagte ich. »Denn wenn den Verbrauchern die Eier nicht mehr schmecken, dann ist es wohl nicht mehr besonders erfreulich, Besitzer von 230 000 Käfighühnern oder von Käfighühnern überhaupt zu sein.«
»Aber was soll denn dann werden?«, fragte Lovisa leicht beunruhigt.
»Dann wird alles gut«, sagte ich. »Lovischen, dann wird alles gut! Dann wird der Staatsminister unseres Landes sich für einen allmählichen Übergang zu Kleinbetrieben starkmachen, darauf kannst du dich verlassen. Denn kannst du dir vorstellen, was während der letzten Wahlkampagne passiert ist? Man hatte dem Staatsminister Eier vorgesetzt, die von einer Henne stammten, die draußen frei herumlief und scharrte, so wie sich unser Herrgott die Sache mit den Hühnern ja eigentlich gedacht hat. Und von jetzt an ist der Staatsminister ganz auf der Linie unseres Herrgotts, denn so

ein köstliches Ei hatte er nämlich noch nie gegessen, und er fragte: WARUM KANN MAN SOLCHE EIER NICHT IN STOCKHOLM KAUFEN? Als er die einfache Erklärung bekam, konnte man förmlich sehen, wie er dachte: Raus, raus mit den Hühnern aus den Käfigen! Raus aufs freie Land mit ihnen!«

»Raus aufs freie Land«, sagte Lovisa und sah ganz erschrocken aus. »Raus mit 230 000 Hühnern! Wie wollen sie die denn abends wieder in den Stall kriegen?«

»Ach, du dumme Lovisa«, sagte ich, »so verrückt ist der Staatsminister doch nicht, dass er die ganze Heerschar auf einmal rauslassen will. Er denkt sich bestimmt – wie ich ja schon gesagt habe – einen allmählichen Übergang zu vermehrter Haltung in Kleinbetrieben, falls du verstehst, was das bedeutet.« Jetzt wurde Lovisa bockig.

»Nee, das tu ich nicht. Denn ich kenne ihn ja gar nicht. Was für ein Kerl ist das überhaupt?«

»Der Staatsminister? Oh, er ist ein gut aussehender, schlanker und durch und durch gescheiter Mann in den besten Jahren! Und wenn er sich für eine vernünftigere Landwirtschaftspolitik entscheidet, dann kriegen wir auch eine vernünftigere Landwirtschaftspolitik. Und wenn er nun endlich mal erlebt hat, wie Eier eigentlich schmecken sollen, dann braucht man ihn bestimmt nur

mal zu einem richtigen Kalbsbraten und ein paar richtigen Schweinekoteletts einzuladen, damit er einsieht, was wir hier in Schweden brauchen. Bestimmt sind es nicht noch mehr Tierfabriken und Hühnerkäfige, nein, aber viele, viele gut geführte landwirtschaftliche Familienbetriebe mit Tieren, die es dort gut haben und uns nicht mit vorwurfsvollen Augen ansehen. Landwirtschaftliche Familienbetriebe, damit wären bestimmt auch alle Bauern einverstanden, wenn sie nur eine reelle Chance bekämen, davon auch leben zu können. Und wenn man sie nicht noch einmal als Schmarotzer bezeichnen würde. Tja, liebe Lovisa, solche Schwachköpfe von Politikern, die sich solche Äußerungen leisten, gibt es wirklich.«
»Ach, hör schon auf«, sagte Lovisa gelangweilt. »Das ist ja nicht meine Abteilung. Und außerdem will ich jetzt ein Ei legen.«
»Dann versprich mir, dass du ein Ei von so hoher und gleichmäßiger Qualität legst, von der man 1967 so schön gesprochen hat.«
»Hau ab«, sagte Lovisa.
Und dann legte sie wie üblich ein Ei, das eigentlich nach nichts schmeckte.
Aber ich hatte noch einen Besuch vor. Bei der Sau Augusta, einer würdigen Vertreterin des schönen Geschlechts, wenn auch vielleicht von der fettesten Sorte.

Sie war gleich von Anfang an stinksauer und begrüßte mich nicht mal. Sie raunzte so laut, dass man es schon von Weitem hörte.

»Mit dem, der mir meine zehn Zentimeter geklaut hat, mit dem würde ich gern mal ein Wörtchen reden.«

»Ich war es jedenfalls nicht«, sagte ich. »Was sind das überhaupt für Zentimeter, um die du so ein Theater machst?«

»Das würdest du wissen, wenn du die Verordnung des Landwirtschaftsministeriums von 1982 gelesen und sie mit der von 1974 verglichen hättest«, sagte Augusta. Sie war eine kluge und gebildete Sau, die sich mit Verordnungen auskannte.

»Ja, aber ... meine Güte ... zehn Zentimeter«, sagte ich hilflos.

»Jetzt hör mir mal zu, du Schussel-Liese«, sagte Augusta, »diese Verordnungen handeln davon, wie viel Lebensraum wir Tiere haben dürfen. Und jedes Mal, wenn es neue Bestimmungen geben soll, gibt es bei den Herren, die dabei mitzureden haben, einen Heidenlärm. Beim Lebensraum kostet ja jeder Zentimeter etwas, das verstehst du wohl. Und die Herren mit der Gewinnerzielung kämpfen mit denen vom Tierschutz hart um jeden Zentimeter, denn die vom Tierschutz finden, dass man uns Schweinen doch ein bisschen Lebensraum gönnen sollte. Rat mal, wer dabei gewinnt! Rat mal, wer mir meine zehn Zentimeter geklaut hat! Ja, ganz richtig! Es sind die Herren mit der Gewinnerzielung!«

»Aber nur zehn Zentimeter«, wandte ich ein, »macht das denn so viel aus?«

»Das kommt ganz darauf an, wem man sie wegnimmt, du Dummerchen! Sparst du sie bei den noblen Räumen des Landwirtschaftsministeriums ein, dann merkt es niemand, da haben die so viele Zentimeter, dass die ganze Bagage Polka tanzen kann, ohne irgendwo auch nur anzustoßen. Knapst du einer Sau aber den Lebensraum ab, der 1974 noch sechzig Zentimeter in der Breite betrug, aber 1982 – nachdem die Gewinnerzieler die Tierschützer niedergeschrien hatten – auf fünfzig Zentimeter verkleinert wurde, dann begreifst du, warum die Seligkeit hier in meiner Box noch mehr geschrumpft ist. Meine Seligkeit ist, wie auch immer, recht minimal, und jeder verschwundene Zentimeter bedeutet für mich mehr Qual und mehr Schrammen an meinem Seitenspeck. Und jetzt soll es wieder neue Bestimmungen geben, also klauen mir die Gewinnerzieler wohl noch mal zehn Zentimeter. Denn die möchten wohl Schweine so mager wie Windhunde haben, stell ich mir vor, und bemühen sich anscheinend darum, mit der allerwirksamsten Sau-Klemme ins Guinness-Buch der Rekorde zu kommen.«

Danach gab sie ein Grunzen von sich, das nicht von dieser Welt war, und ich machte mir Sorgen.
»Liebe Augusta, was ist denn? Soll ich dir nicht vielleicht einen Tierarzt holen?«
»Nein, dann schon lieber Farmek«, sagte Augusta. »Ich hab dieses Sauleben satt.«
Sie merkte, wie traurig ich geworden war, und beeilte sich, mich zu trösten.
»Ach, es ist ja nur der übliche alte Stress, der mir zusetzt!«
Dann sah sie mich recht durchtrieben an.
»Aber weißt du, was am Stress gut ist? Dass ich schlechten Speck kriege! Und das gönne ich diesen Kerlen von Gewinnerzielern aus meinem ganzen bedrückten Sauherzen.«
Ich verabschiedete mich und ging. Und plötzlich fiel mir eine Zeitungsüberschrift ein, die ich vor ein paar Jahren zu sehen bekommen habe: »Gestresste Schweine kriegen schlechtes Fleisch«. In meiner Einfalt hatte ich geglaubt, dass dies ein neues Sprichwort sei, entsprechend »Kleine Ursachen – große Wirkungen« oder anderen klugen Redensarten. Ich fand dieses Sprichwort gut, und hin und wieder, wenn ich mir zu viel Arbeit aufgehalst hatte, ermahnte ich mich selber: Denk dran! Gestresste Schweine kriegen schlechtes Fleisch!

Wie wahr dieses Wort war, wusste ich damals noch nicht. (Zu der Zeit gab es ja noch nicht ganz so viele gestresste Schweine!) Aber jetzt weiß ich es, und ich wünschte, diese Wahrheit ginge bald allen auf. Auf die Dauer lohnt es sich nicht, nur an Gewinnerzielung zu denken. Es lohnt sich weit mehr, sich daran zu erinnern, dass gestresste Schweine schlechtes Fleisch kriegen! So ist es nämlich.

Im November 1985 bei dem alljährlich stattfindenden »Fleischreichstag« äußerte der frühere Landwirtschaftsminister Anders Dahlgren unter anderem Zweifel daran, ob die Verantwortlichen wirklich wüssten, was für eine Debatte sie in Gang gesetzt hatten, wenn sie das Wort höchst einseitig der »Nationalheiligen« überließen, die sich zur Sprecherin der Konsumenten und Produzenten gemacht habe. Dies war eine ungerechte Anklage, da die Zeitungen voll von anderweitigen Zuschriften und Stellungnahmen waren. Einige Zeit darauf veröffentlichte ich folgenden Brief an Anders Dahlgren:

EIN GUTES NEUES JAHR, Anders Dahlgren!

Wie soll es denn nun eigentlich mit der Viehzucht hier im Lande werden? Du merkst, dass ich »Viehzucht« sage und nicht »Animalienproduktion«. Gib zu, dass einem unbehaglich zumute wird, wenn man dieses Wort hört und vor seinem inneren Auge lange Reihen von Tierfabriken sieht, die voller entsetzter Ferkel, völlig verwirrter Kälber und zusammengepferchter Hühner sind, die alle Antibiotika schlucken, was das Zeug hält.

Die Viehzucht war in diesem Lande ohne Fehl und Tadel, aber das war, bevor die Mächtigen im Staate entschieden, dass in der Landwirtschaft jetzt andere Töne herrschen. Sie sollte industrialisiert und rationalisiert werden, sie sollte größer werden mit mehr gewinnbringenden Einheiten, Tierfabriken mussten gebaut werden, und die alte Familienlandwirtschaft musste weg. Und falls Bauern widerspenstig waren und sich nicht in die neue Ordnung der Dinge fügen wollten, dann gab es Mittel und Wege, sie dazu zu zwingen. Ökonomische

Machtmittel. Diejenigen Bauern, die sich dessen ungeachtet immer noch der Viehzucht und nicht der Animalienproduktion widmen wollten – glücklicherweise waren es viele –, hatten es alles andere als leicht und wurden außerdem als Rückschrittler verschrien, die nicht einsehen wollen, wie gut Viehzucht in großem Stil ist.

Es sieht so aus, als ginge es den Mächtigen im Staate allmählich auf, dass das mit dem großen Stil seinen Preis hat. Allzu viele Zeugnisse über kranke und mit allerlei unangenehmen Schäden behaftete Tiere waren ihnen zu Ohren gekommen. Man hätte sich gewünscht, dass sie nun die Verantwortung dafür übernommen hätten, statt sie auf den Schultern der Bauern abzuladen, die ja nur ihren Instruktionen gefolgt sind und diesen großen Stil praktiziert haben. Man muss sich fragen, ist das eigentlich gerecht?

Und Du, Anders Dahlgren, fragst Dich das ja auch. Du hast auf dem Fleischreichstag in Kolmården eine Menge kluge Worte über unsere Viehzucht und unseren Ackerbau und das Verhältnis der Staatsmacht zur Landwirtschaft gesagt. Zwar hast Du nicht geradeheraus gesagt, dass die ganze Landwirtschaftspolitik einen Dreck wert ist, aber immerhin …

Ich glaube, es ist an der Zeit, dass Mutter Svea aufhört, die Bauern als ihre Stiefkinder und die Landwirtschaft

als etwas Entbehrliches zu betrachten. Das kann man nämlich nicht, wahr und wahrhaftig nicht!
Aber das schwedische Volk ist jetzt spürbar beunruhigt. Die Menschen sind über unsere Tierhaltung empört, sowohl in Anbetracht des Leidens der Tiere als auch bei der Vorstellung, was sie selbst essen – was von beidem sie mehr empört, weiß ich nicht. Eins aber ist sicher: Die Beunruhigung ist groß, und da Du, Anders Dahlgren, mich dafür verantwortlich machst, das ganze Karussell in Gang gesetzt zu haben, möchte ich dazu gern ein paar Gesichtspunkte anführen.
Mit einer gewissen Verzweiflung sehe ich ein, dass viele einzelne Bauern in ökonomische Schwierigkeiten geraten können, wenn eine Sanierung dieser Missstände stattfindet. Aber ich und auch andere, die sich auf so etwas besser verstehen als ich, finden, dass eine Sanierung notwendig ist und dass, wenn wir so weitermachen wie bisher, die ökonomischen Folgen für die Bauern auf die Dauer noch schlimmer werden.
Ich hoffe und glaube, dass die Staatsmacht jetzt alles tun wird, um das größte Elend zu beseitigen. Das aber bedeutet, einen bestimmten schrittweisen Übergang zu Kleinbetrieben zu schaffen.
Keiner dürfte mehr Tiere halten, als dass der Halter nicht feststellen kann, ob ein Tier krank ist. Keiner dürfte 270 000 in Käfige gesperrte Hühner haben, die

nicht auf ihren Beinen stehen können. Keiner dürfte alljährlich 28 000 Schweine haben und eiskalt mit einem gewissen Prozentsatz von allmorgendlich verendeten Tieren rechnen, die man dann zum Zermahlen schickt, damit sie danach anderen Schweinen als Futter dienen.
Kein Großhändler in Antibiotika darf dabei mitwirken, dass eine ganze Belegschaft unnötig mit Antibiotika vollgestopft wird, gleichgültig, ob sie krank ist oder nicht. (Antibiotika im Futter dürften überhaupt nicht mehr vorkommen, nur eine Behandlung durch Spritzen.)
Ja, dies sind nur ein paar Beispiele dafür, was die Großbetriebe so mit sich bringen, wenn es ganz schlimm ist. Damit soll aber nicht gesagt werden, dass es nicht auch in Großbetrieben eine pflegliche Tierhaltung gibt, und auch nicht, dass ein Kleinbetrieb stets Gesundheit und Glück unserer Tiere garantiert. Aber er bietet die Möglichkeit für ein humaneres Verhältnis zwischen Mensch und Tier, ähnlicher der Viehzucht, die früher in Schweden betrieben worden ist.
Jetzt wird wohl gleich jemand mit dem Einwand kommen: Wollen wir denn wirklich die Zeit zurückhaben, als man das durch die Entbehrungen des Winters geschwächte Vieh im Frühjahr aus den Ställen tragen musste? Und ob wir wirklich die schrecklichen Ställe

jener Zeit wiederhaben wollen? Und ob wir uns wirklich die Zeit zurückwünschen, als man den Tierarzt zur Tuberkulinbehandlung holen musste, weil es so viele schwindsüchtige Tiere gab?

Nein, Du Dummerchen, warum sollten wir denn? Bloß weil wir eine anständigere Behandlung unserer heutigen Tiere wünschen? Wir möchten gesunde, gut behandelte Tiere haben, die Freunde des Menschen sind und nicht vor Entsetzen zurückschrecken, sobald sie jemanden aus unserem Geschlecht erblicken.

Ferner wünschen wir, dass die Staatsmacht nicht Gesetze erlässt, die Familienlandwirtschaft unmöglich machen, sondern solche, die sie stattdessen fördern. Vielleicht gelingt es ja sogar, die Verantwortlichen zu der Einsicht zu bringen, dass solche Kleinbetriebe unserem Land guttun. Dass das Vieh – falls es nun sein Weiderecht bekommt – unsere naturschönen Wiesen und Weiden bewahren helfen könnte. Dass unsere verödeten Gegenden wieder Leben bekommen, wie Du, Anders Dahlgren, so richtig gesagt hast.

Ferner möchten wir Lebensmittel von hoher Qualität, genau wie Du ebenfalls gesagt hast, Anders Dahlgren. All das kann nicht mit drei raschen Schritten verwirklicht werden, das ist mir klar. Es wird seine Zeit dauern – bei so viel Geld, wie man in die Großbetriebe gesteckt hat –, aber ich glaube, das schwedische Volk

erwartet, dass etwas geschieht, und zwar in der richtigen Richtung. Es darf nicht zerredet und dann totgeschwiegen werden.
Besonders die Frauen, so glaube ich – nach den Briefen zu urteilen, die ich bekommen habe –, lassen jetzt nicht mehr locker und möchten ein Ergebnis sehen. Und die Frauen machen mehr als die Hälfte der Bevölkerung unseres Landes aus. O weh, o weh, wenn die richtig in Wut geraten!
Es geht hier nicht in erster Linie um politische, sondern um ethische Fragen, die gelöst werden müssten, falls wir nicht unser Ansehen als Kulturnation verlieren wollen. Ich hielte es auch für gut, wenn man in den nächsten Jahren zu ein paar greifbaren Ergebnissen käme, beispielsweise vor der nächsten Wahl. Kannst Du nicht mal mit dem Staatsminister und dem Landwirtschaftsminister und anderen vernünftigen Leuten reden und bei der Gelegenheit das Urteil des alten Forschers über die schwedischen Frauen zitieren:
»Die Weiber sind zäh und stark und backen sehr gutes Brot mit Rosinen drin, aber reizt man sie, gehen sie auf der Stelle zum Angriff über.«
Ich habe so das Gefühl, sie sind schon jetzt ziemlich gereizt, und darum hoffe ich von Herzen, dass die Politiker etwas Grundlegendes tun, um sie zu beruhigen.

Darauf antwortete Anders Dahlgren in einem Interview im *Expressen* und sagte unter anderem, ich sei »klug wie ein Pferd«. Und ich dachte: An dem einen Tag ist man eine unwissende Nationalheilige, am nächsten klug wie ein Pferd, ja, es geht auf und ab im Leben!

Das ganze Jahr 1986 debattierte man in der Presse, im Radio und Fernsehen – mit oder ohne uns – die Landwirtschaftspolitik, den Tierschutz und die Lebensmittelqualität. Etwas Gutes ist dabei herausgekommen, nämlich dass den Bauern der Rücken gestärkt wurde, die man früher ihrer dickköpfigen Beharrlichkeit wegen, das Wohl und Weh der Tiere über die Gewinnerzielung zu stellen, verlacht hatte. Tierbetreuung wurde zu einem Begriff, den man ernst nahm.

Aber seitens des Staates und der Politiker geschah fast nichts. Möglicherweise lässt sich das damit entschuldigen und erklären, dass in diesem Jahr so viel geschah, was uns alle lähmte. Olof Palme wurde ermordet, und die Tschernobyl-Katastrophe traf die schwedische Landwirtschaft auf verheerende Weise. Wer hatte damals Zeit, an ein paar Verbesserungen für unsere Haustiere zu denken? Allmählich aber erwachte unsere Kampfeslust wieder.

»Du musst mehr schreiben«, sagte Kristina.

Und das tat ich.

14. Januar 1987

Ich hatte heut Nacht einen Traum.

Es ist furchtbar langweilig, wenn Leute darauf bestehen, einem ihre Träume zu erzählen. Aber es hilft nichts, jetzt erzähle ich meinen.
Mir träumte, dass unser Herrgott für eine kleine Inspektionsrunde zur Erde gekommen war, um zu kontrollieren, wie es den Tieren erging. Das hatte Er bisher nicht geschafft, denn es gab in Seiner Welt ja so viel anderes, das Er in Ordnung bringen musste, Dinge, die ihm leider vorzeitig graue Haare beschert hatten. Aber um die Tiere brauchte Er sich wohl keine Sorgen zu machen, meinte Er. Ihretwegen würden Ihm keine grauen Haare wachsen, das war sicher. Er erinnerte sich daran, wie erfreulich alles während der Schöpfungstage gewesen war und wie Er am sechsten Tage bestimmt hatte, dass der Mensch über alles Getier auf Erden herrschen solle. »Und Er sah, dass es gut war«, so steht es darüber ausdrücklich in der Bibel.

Und nun kam Er voller Erwartung angewandert, um sich mit eigenen Augen zu überzeugen, wie gut es war.
Na ja, dachte ich, und kaum hatte ich das gedacht, da hatte Er mich beim Wickel und verlangte, dass ich Ihn auf dieser Inspektionsreise führen solle.
»Bring mich zu irgendeinem traulichen Platz, wo viele Tiere versammelt sind«, sagte Er. »Ich möchte sie gern interviewen und ihre zufriedenen Kommentare hören.«
»Wie wär's mit Schweinen«, schlug ich hinterlistig vor, und unser Herrgott nickte.
»Ausgezeichnet«, sagte Er. »Schweine sind vergnügte und intelligente Tiere, und komischerweise mögen sie es, wenn man sie kitzelt, das weiß ich noch genau.«
Na ja, dachte ich und führte unseren Herrgott zu einem unserer größeren Schlachthöfe für Schweine, denn ich fand, Er müsse sich mal anschauen, wie der Mensch das mit dem Herrschen über die Tiere in der Praxis umgesetzt hatte. Unser Herrgott trabte auch ganz ahnungslos mit. Und dann stiefelten wir direkt hinein in die Hölle. Eine Hölle, die von Menschen eigens dafür gebaut worden war, die größtmögliche Anzahl von Tieren mit der größtmöglichen Schnelligkeit umzubringen, und zwar unter dem größtmöglichen Stress und Entsetzen derjenigen, die umgebracht werden sollten.

Zunächst war unser Herrgott durch den Gestank mehr oder weniger benebelt, aber dann sah Er ja.
»Halt!«, schrie Er. »Halt, stopp, diese Tiere leiden, das sehe ich.«
»Stimmt«, sagte ich und hielt dann den Mund, damit unser Herrgott sich selber in Ruhe ein Bild machen konnte.
Er sah sich das alles an, sah die Menge der von Entsetzen gepackten Schweine, die mit elektrischen Schlägen zum Schlachten getrieben wurden, sah, wie sie in rasendem Tempo betäubt und auf Haken gehängt, abgestochen und ausgeblutet wurden. Schnell ging das, unheimlich schnell. Vielleicht verstand unser Herrgott nicht, warum es so eilig war. Ich musste es Ihm wohl erklären.
Ja, sagte ich, man müsse in der Stunde so und so viele Schweine schaffen, damit sich die Sache lohnt. Das müsse unser Herrgott doch begreifen.
Aber unser Herrgott schien im Augenblick überhaupt nichts zu begreifen. Er wirkte völlig verstört vom Anblick der Schweine, die hastig ausgeblutet und dann in den Brühkessel geworfen wurden. Darunter war auch ein armes kleines Ferkel, das wegen der Eile nicht richtig ausgeblutet war. Als es in dem heißen Brühwasser landete, erwachte es quiekend wieder zum Leben und machte sich in seiner Panik daran, im Kessel herumzu-

schwimmen, mitten zwischen seinen dahintreibenden toten Ferkelfreunden (und was das anbelangt, auch zwischen ihrem Schiet und Pipi).
All dies sah unser Herrgott.
»Und Er sah, dass es gut war?«, sagte ich mit einem deutlichen Fragezeichen am Schluss.
Da kam Leben in unseren Herrgott.
»Was sind denn das für Schwachköpfe, die ich als Herrscher über alle Tiere auf Erden eingesetzt habe? Antworte mir!«
»Tja«, sagte ich, »im Großen und Ganzen sind das wohl die gleichen Schwachköpfe, die Hühner in zu enge Käfige sperren, Kälber Tag und Nacht auf hartem Lattenrost und Milchkühe angekettet in ihren Boxen stehen lassen, ohne dass Schweine oder Hühner oder Kälber oder Kühe je Deine klare Sonne oder Dein frisches Gras zu sehen bekommen, solange sie leben.«
Unser Herrgott schlug sich an die Stirn.
»Aber sind denn alle Menschen in diesem Lande Schwachköpfe?«
»O nein, bestimmt nicht«, antwortete ich. »Und die meisten wissen auch, wie es mit unserer Tierhaltung bestellt ist. Also diskutiert man heutzutage auch lebhaft und alle naselang darüber, wie sie zu verbessern wäre.«
»Na und?«, fragte unser Herrgott.

»Ja, bisher ist ihnen noch nichts eingefallen«, sagte ich. »Weil nämlich die, die die Macht haben und am unverdrossensten über unsere fabelhafte Tierpflege reden, keinen Dunst davon haben, was eigentlich nötig ist.«

»Und was ist nötig?«, fragte unser Herrgott und schien bereit, das Nötige, egal, was es war, auf der Stelle durchzusetzen.

»Eine Änderung des ganzen wahnsinnigen Systems«, antwortete ich. Da Er mich nun mal zu Seiner Reiseführerin auserwählt hatte, konnte ich ja gleich tüchtig zulangen.

»Was denn für ein wahnsinniges System?«, fragte unser Herrgott drohend.

»Na, das System, das unsere Politiker irgendwann in den Sechzigerjahren unter Jubel eingeführt haben. Damals nahm man sich vor, die Landwirtschaft zu industrialisieren, sie in großem Stil zu betreiben und ertragreich zu machen, damit die Menschen gute und billige Nahrungsmittel kriegen. Ja, alles sollte so gut, so gut werden, versprachen sie.«

»Wurde es das denn nicht?«, fragte unser Herrgott.

»Ja, was findest Du selber, nachdem Du einen einzigen Schlachthof gesehen hast?«, fragte ich. »Und warte nur ab, bis Du erst die Tierfabriken mit ihren riesigen Beständen zu sehen kriegst! Was hältst Du zum Beispiel von einer Tierfabrik, die Jahr für Jahr 30 000 Schweine umsetzt? Du findest ja, Schweine sind so vergnügte Tiere! Glaubst Du, dass man unter diesen 30 000 auch nur ein einziges vergnügtes Ferkel finden kann? Oder eins, das auch nur einigermaßen gesund ist?«

»Ich will den sprechen, der für all das verantwortlich ist«, forderte unser Herrgott. »Wer ist das?«

»Vielleicht der Landwirtschaftsminister«, sagte ich. »Letztlich trägt er ja die Verantwortung für die Tierhaltung hier im Lande. Übrigens haben wir gerade einen neuen gekriegt, und ein Schwachkopf kann er nicht sein, denn dann hätte er ja nie Landwirtschaftsminister werden können. Ich glaube, auf ihn kannst Du bauen. Er hat neulich erst so klug gesagt, dem schwedischen Bauern lägen seine Tiere und ihr Wohlergehen am Herzen.«

»Ist das denn so?«, fragte unser Herrgott.

»Ja, seit Urzeiten haben unsere Bauern ihre Haustiere geliebt, und die meisten kleinen Bauern mit Familienbetrieb tun das auch heute noch. Ich weiß nur nicht, ob der Landwirtschaftsminister begreift, wie schwer es für einen tierliebenden Kleinbauern ist, bei all der Massenproduktion noch über die Runden zu kommen.«

»Frag ihn doch«, hörte ich jemanden sagen, und es war nicht unser Herrgott. Er hatte sich in Rauch aufgelöst, so wie es Leute in Träumen zu tun pflegen.

Nein, es war unser neuer, energischer Landwirtschaftsminister, der vor mir stand und wollte, dass ich ihn frage. Aber das brauchte ich gar nicht. Er hielt aus dem Stegreif eine Ansprache, eine wunderbare Rede, bei der alle Hühner und Schweine und das ganze liebe Vieh vor Freude zusammengezuckt wären, wenn sie ihn hätten hören können. Ganz zu schweigen davon, wie ich vor Freude zusammenzuckte.
»Selbstverständlich«, sagte der Landwirtschaftsminister, »muss hier etwas Entscheidendes geschehen, und es ist eine Schande, dass bisher nur geredet und nicht gehandelt worden ist. Wir haben viel zu viele kranke Tiere, und das wird schließlich die Verbraucher verprellen. Es muss sich lohnen, Tiere gesund zu erhalten, sowohl für den Bauern als auch für den Verbraucher und nicht zuletzt für die Tiere selber. Aus diesem Grund darf jeder nur einen so großen Tierbestand haben, dass er den Gesundheitszustand eines jeden Tieres überwachen kann. Es darf nicht so sein wie bei den Massentierhaltungen, wo man jeden Morgen die verendeten Tiere aussortieren muss. Es darf auch nicht sein, dass man gesunden Tieren Antibiotika verabfolgt. Ein krankes Tier soll Antibiotika bekommen, doch gesunde Tiere darf man nicht zwangsmedikamentieren.
Meines Erachtens bedarf es finanzieller Druckmittel, um den gerechten Ausgleich zwischen denen zu schaffen,

die ihre Tiere gesund erhalten, und denen, die dies nicht tun oder nicht tun können, weil sie zu viele Tiere haben. Zur tierärztlichen Beschau in den Schlachthöfen kommt man heutzutage mit einer Menge von Tieren, die die abschreckendsten Anzeichen durchlittener Krankheiten wie Abszesse und Lungenentzündungen aufweisen, Krankheiten, die sie sich in dem ungesunden Ammoniakgestank der Tierfabriken zugezogen haben. Es gibt Tierbestände, wo bis zu 70 oder 80 Prozent der Tiere ständig mit derartigen Schäden behaftet sind. Deshalb beabsichtige ich, für jedes derartige Tier eine fühlbare Abgabe bei Krankheitsschäden einzuführen. Dadurch würde sich meiner Meinung nach die Wirtschaft von allein sanieren. Unter den derzeitigen Verhältnissen ist es ebenso ertragreich, kranke wie gesunde Tiere zu liefern, und das kann ja unmöglich vernünftig sein.
Künftig dürfen auch keine Tiere mehr auf Lebenszeit eingesperrt werden. Hinaus mit ihnen in Gottes freie Natur! Natürlich geht das nicht, wenn man jährlich 30 000 Schweine umsetzt, aber ich spreche ja hier von einer normalen und gesunden Tierhaltung, die wir, so hoffe ich, in unserem Land mit der Zeit wieder bekommen werden. Und das beinhaltet, dass wir die allzu intensive Zentralisierung, der wir uns in den letzten Jahrzehnten so eifrig gewidmet haben, unterlassen.

Behalten wir doch die kleinen Schlachthöfe bei, die ein kleineres Gebiet beliefern, die örtlichen Meiereien, die ein angemessenes Wohngebiet mit Milch versorgen, und die angemessen großen Ställe mit angemessen großem Tierbestand, wo die Tiere wieder Freunde der Menschen sein können, so wie unser Herrgott es sich wohl ursprünglich gedacht hat.«

»Du bist wirklich kein Schwachkopf!«, rief ich voll Bewunderung aus. Der Landwirtschaftsminister wirkte ein wenig verlegen.

»Hm, jedenfalls werde ich alles tun, was in meiner Macht steht, um die schwedische Tierhaltung zu sanieren.«

»Und das am besten noch vor der Wahl 1988«, sagte ich begeistert. »Es war ja eine sozialdemokratische Regierung, die die Großindustrialisierung der Landwirtschaft in Gang gesetzt hat. Es wäre doch gut, wenn ein sozialdemokratischer Landwirtschaftsminister auch alles wieder in Ordnung bringt. Und wie viele Wählerstimmen man damit gewinnen würde!«

»Hm. Ich glaube, ich fange erst mal mit dieser Abgabe bei Krankheitsschäden an. Die lässt sich verhältnismäßig leicht einführen, denn alle müssen ja einsehen, wie gerecht das ist. Und es hätte beträchtliche und günstige Auswirkungen, glaub mir!«

»Oh, ich glaub, ich träume«, murmelte ich. »Eine Ab-

gabe bei Krankheitsschäden, das ist das Ei des Kolumbus, das ist die Lösung.«
In dem Augenblick erwachte ich. Ach ja, ach ja, natürlich hatte ich nur geträumt. Alles war nur ein Traum gewesen.
Aber wer weiß? Vielleicht war es ja ein Wahrtraum?

Darauf antwortete mir der Landwirtschaftsminister Mats Hellström in einem freundlichen Artikel im *Expressen* am 9. Februar 1987. Das heißt, eigentlich antwortete er mir nicht auf das, was ich geschrieben hatte, sondern auf ganz andere Dinge. Deshalb schrieb ich einen neuen Artikel für den *Expressen*.

12. Februar 1987

Hej, Mats, mein Traumprinz!

Stört es Dich, wenn ich Dich so nenne? Ich habe ja von Dir geträumt (im *Expressen*), und im Traum warst Du ja so klug und wunderbar, dass man direkt aufpassen muss, sich nicht in Dich zu verlieben.
In Deinem Artikel im *Expressen* vom 9. Februar bist Du ebenfalls so klug, auch wenn Du da über ganz andere Sachen sprichst als über die, um die es in meinem Traum ging. Und nur nebenbei erwähnst Du ein kleines Ferkel. Dafür erzählst Du aber von einer Menge interessanter Projekte, sodass man wirklich begreift, wie schwer und problematisch es sein muss, in unserer Zeit Landwirtschaftsminister zu sein. Auf die schwedische Tierhaltung, von der mein Traum handelte, gehst Du nicht ein. Du sagst nur, es gäbe Produktionsformen, die weder idyllische Träume seien noch zu unerträglichen Verhältnissen in Tierfabriken führten.
Unerträgliche Verhältnisse, ja! Und Du bist Schwedens

Landwirtschaftsminister. Da liegt es doch nahe, Dich zu fragen: Was gedenkst Du zu tun, um diese unerträglichen Verhältnisse zu ändern? In meinem Traum hast Du eine ganze Menge anderer kluger Sachen gesagt: Dass Du eine spürbare Abgabe bei Krankheitsschäden einführen würdest, was sich relativ leicht machen ließe, hast Du gesagt. Und es soll nicht länger so bleiben, hast Du gesagt, dass es genauso gewinnbringend ist, kranke wie gesunde Tiere zu verkaufen. Ja, es ist gar nicht zu fassen, wie klug Du in meinem Traum gewesen bist. Und Du und ich, wir beide wissen ja, dass es in unserem Land viele, viele Bauern und Schweinezüchter gibt, die sich ehrlich bemühen, ihre Tiere gesund zu erhalten. Da ist es doch ungerecht, dass sie nicht mehr bezahlt bekommen sollen als diejenigen, die Schweine mit abschreckenden Spuren erlittener Krankheiten liefern. Es muss sich sowohl für den Bauern als auch für den Verbraucher lohnen, gesunde Tiere zu halten, und nicht zuletzt für die Tiere selber, das hast Du ja in dem Traum gesagt, nicht wahr?
Mein Traumprinz, fang an mit dieser Abgabe bei Krankheitsschäden! Selbst wenn Du nicht das ganze Tierhaltungselend sanieren kannst, dann vollbringst Du mit einer solchen Abgabe doch eine große Tat und trägst Deinen Namen in die ehrenvolle Geschichte der Landwirtschaft ein.

Wenn es mit den Zuständen in der Landwirtschaft so weitergehen darf wie bisher, dann steht es wirklich schlecht um sie. Wie lange wird es noch dauern, bis sich die Verbraucher weigern, kranke Tiere zu essen? Stell Dir mal vor, es kommt zu einem allgemeinen Kaufstreik! Ich höre schon das Grollen des kommenden Volksaufstandes.

Im Frühjahr 1987 führte man tatsächlich eine Krankheitsschadenabgabe ein, der ein freiwilliges Abkommen zwischen dem Staat und der Landwirtschaft zugrunde lag. Es besagte, dass man für Tiere, die krank gewesen sind und Schäden bei der Schlachtung aufweisen, nicht mehr den vollen Preis bezahlen werde. Dieser Abzug war jedoch niedrig und deckte nur die Mehrkosten, die den Schlachthöfen dadurch entstanden, dass ihr Personal gezwungen war, Geschwülste, entzündete Teile und sonstwie beschädigtes Fleisch wegzuschneiden. Von weiteren Maßnahmen zur Verbesserung der Tierhaltung staatlicherseits war nichts zu hören. Deshalb schrieb ich einen Brief an Staatsminister Ingvar Carlsson.

20. September 1987

Lieber Ingvar Carlsson,

entschuldige, dass ich Dich mitten im Parteikongress störe. Ich weiß ja, wie viel Du um die Ohren hast, hier zu Hause und auch bei den Großkopferten und Präsidenten draußen in der Welt. Dennoch komme ich hier in der schüchternen Hoffnung, dass Du den Seufzern der Haustiere in diesem Land ein wenig Zeit und Nachdenken widmest. Ja, denn wie auch immer bist Du es doch und Deine Regierung, die für die schwedische Tierhaltung letztlich die Verantwortung tragen.
Steht es damit nicht gut?, fragen sich viele. Ja und nein! Bei der großen Mehrzahl unserer Bauern ist sie gut, bei denen, die noch ihre natürliche Einstellung zu den Tieren haben, sie lieben und nicht nur als Produktionseinheiten ohne Recht auf ein erträgliches Leben betrachten.
Wir sind ein paar Leute, die alljährlich um diese Zeit versuchen, sich einen Überblick über die aktuelle Lage

in der Tierhaltung zu verschaffen, um festzustellen, ob sie sich nach der – noch immer – heftig tobenden Debatte verändert hat.
Und tatsächlich hat sich die Lage zum Besseren verändert. Ich habe noch nie so viele frei herumlaufende Tiere gesehen, die mit ihren gesegneten Mäulern Weideflächen instand halten. Sogar Schweine hab ich frei herumlaufen sehen, die aussehen, als glaubten sie, jedes einzelne Schwein habe das Recht auf so ein glückliches Schweineleben.
Aber gut stehen die Dinge deshalb noch nicht. In der industrialisierten Tierhaltung ist weit und breit nichts geschehen. In den Tierfabriken und großen Schlachthöfen werden die Tiere genauso gequält wie vorher.
Noch immer gibt es fensterlose Ställe, wo die Tiere in ständiger Dunkelheit eingeschlossen sind und das Licht nur bei der Fütterung angemacht wird.
Noch immer stehen Mastkälber auf ihren Lattenrosten, ohne je ins Freie zu kommen.
Noch immer verabreicht man ihnen eine Diät, die ihnen Blutarmut beschert, nur weil Verbraucher der Meinung sind, Kalbfleisch müsse weiß aussehen.
Noch immer kommt Massenmedikamentierung ganzer Bestände durch das Futter vor.
Noch immer werden Legehühner in zu engen Käfigen eingesperrt gehalten, sodass ihre Füße verkümmern.

Noch immer werden Hähnchen im Schnellverfahren gefüttert und bald darauf lebend in Kisten verpackt, an den Beinen über Fließbändern aufgehängt und mit einer kleinen elektrischen Bürste betäubt (falls das infrage kommende Hähnchen nicht zufällig den Kopf hebt, sodass es der Bürste entgeht und dann unbetäubt abgestochen werden muss).
Ich verstehe, warum es heutzutage so viele Menschen gibt, die kein Hähnchen mehr essen wollen. Vielleicht gibt der Landwirtschaftsausschuss der Federvieh-Industrie deshalb neun Millionen, wovon acht für Vertrieb und Werbung verwendet werden sollen. Wäre es nicht klüger, dieses Geld dazu zu benutzen, die schlechten Aufzuchtverhältnisse zu verbessern? Dann bekämen wir vielleicht ein Hähnchen, das wir, ohne Großvertrieb, essen könnten.
Und noch immer herrscht in den großen Schlachthöfen das gleiche Elend (und die kleineren tierfreundlicheren Schlachthöfe werden nach und nach stillgelegt), und noch immer werden panisch entsetzte Schweine mit elektrischen Schlägen die endlos langen Gänge vorwärtsgetrieben. Alles soll ja so schnell gehen, damit die Sache sich lohnt. Schnell, schnell hängt man die Schweine in einer Reihe auf, betäubt sie, sticht sie ab, lässt sie ausbluten, schnell, schnell landen sie im Brühkessel, und wehe dem Schweinchen, das nicht gründ-

lich ausbluten konnte, sondern im Brühkessel wieder erwacht! Man sollte vielleicht alle Bauern Schwedens auffordern, ihre Tiere zur Schlachtung zu begleiten und dort so lange zu bleiben, bis die Tiere tot sind, vielleicht würde es dann schnell besser werden in unseren Schlachthöfen.

Nein, in der industrialisierten Tierhaltung hat sich nichts verbessert. Aber ich habe gehört, dass man im Zentralamt für Landwirtschaft einen Untersuchungsausschuss eingesetzt hat, der die Gesundheit und die Umwelt der Tiere kontrollieren soll, »ohne dass die Kosten deshalb unzumutbar steigen«. In diesem Ausschuss sitzen diejenigen, die einst die Tierhaltung, so wie sie heute ist, eingeführt haben. Kann man wirklich glauben, dass sie bereit sind, ihr eigenes mühsam aufgebautes Lebenswerk zu zerstören? Und was wird dann aus den Schweinen, die gezwungenermaßen schon so lange auf unzumutbare Weise leben?

Und was wird übrigens aus dem neuen Tierschutzgesetz? Wann kommt es? Dieses ausgezeichnete Gesetz, das den Tieren das Recht geben soll, nach ihrem ererbten Verhaltensmuster zu leben? Darauf warte ich genauso dringend wie auf Mats Hellströms versprochenen Gesetzesvorschlag zur Abgabe bei Krankheitsschäden!

Was für das Zustandekommen einer anständigen und

ethisch vertretbaren Tierhaltung in Schweden nötig wäre, ist – meiner Meinung nach – Folgendes:
– Das versprochene neue Tierschutzgesetz.
– Die versprochene Abgabe bei Krankheitsschäden.
– Eine zumindest teilweise Rückkehr von Großbetrieben zu Kleinbetrieben: Anlagen vom Typ Aniagra oder Grensholm dürften nicht mehr erlaubt sein.
– Auch keine Großschlachthöfe, die das Schlachtvieh unnötigerweise in Panik versetzen und überdies für viele Tiere weite Transporte erforderlich machen. Stattdessen aber tierfreundliche, kleinere Schlachthöfe von der Art, wie man sie jetzt stilllegt. (Große Schlachthöfe könnten wenigstens statt eines einzigen vollgepfropften und Panik erzeugenden Riesenraums für die Tötung mehrere kleinere haben.)
– Ein Verbot lebenslanger Einsperrung von Tieren (auch Federvieh), ein Verbot der Massenverabreichung von Antibiotika im Futter an gesunde Tiere, dahingegen die Auflage, dass Tierhalter, die ein krankes Tier haben, diesem tierärztlich verordnete Medikamente verabreichen.
Also, ungefähr in dieser Art!
Ingvar, unser Staatsminister, glaubst Du, dass die Regierung Schwedens sich für eine derartige Entwicklung uneingeschränkt und ehrlich einsetzen würde? Sie würde dadurch das Leben vieler unglücklicher Haustiere in unserem Land leichter machen.

Darauf antwortete Ingvar Carlsson am 23. September 1987 im *Expressen*:

»In Deinem Brief fragst Du mich, ob ich glaube, dass Schwedens Regierung eine Entwicklung zu besserer Tierhaltung ehrlich unterstützen will, das heißt also ein System, in dem Kühe, Schweine und Hähnchen anständig behandelt werden und nicht als ›Produktionseinheit‹.
Meine Antwort ist ein uneingeschränktes Ja. Ich glaube nicht nur, ich weiß, dass dies der entschiedene Wunsch und das Bestreben der Regierung ist.«

Und wahrhaftig, am 14. November, als ich 80 Jahre wurde, bekam ich den Entwurf für ein neues Tierschutzgesetz vom Staatsminister als Geburtstagsgeschenk.
Wir, Kristina und ich, jubelten. Phantastisch, in dem Gesetzentwurf stand doch tatsächlich, dass alle Tiere gegen Leiden und Krankheiten geschützt werden sollten und dass sie auf die für sie natürliche Weise würden leben dürfen. Ja, so stand es da schwarz auf weiß.

Aber nachdem wir dann den Regierungsentwurf (1987/88:93) gelesen hatten, blieb uns der Jubel in der Kehle stecken, und wir konnten nur betrübt feststellen: Ach so, sie haben also nicht gewagt, die wirklich großen Probleme in Angriff zu nehmen, sie haben vor dem schlimmsten Elend in der Tierhaltung die Augen verschlossen. Dieses Elend bestand vor allem auf drei Gebieten, nämlich:

1) in der spezialisierten Rindfleischproduktion,
2) in der Schlachtschweinproduktion,
3) bei der Schlachtung.

Gerade auf diesen drei Gebieten war das Elend der Tiere am größten, und dagegen hatte die Regierung nichts zu tun gewagt.

Ich schrieb einen enttäuschten und ziemlich nörgeligen Artikel im *Expressen*.

31. Januar 1988

Jetzt, all ihr Schweine, Hühner, Kälber und Kühe, winken euch herrliche Zeiten. Von jetzt an (1. Juli 1988) wird man euch gegen Leiden und Krankheiten schützen. Und ihr werdet so leben dürfen, wie es für euch natürlich ist.
Das schreibt die Regierung ausdrücklich in ihrem Vorschlag zu dem neuen Tierschutzgesetz vor, ist das nicht wunderbar? Man kann nur von Herzen hoffen, dass die Regierung ihre guten Absichten auch durchbekommt. Selbst wenn der Vorschlag nicht genehmigt werden sollte, kann man ja immerhin schon Hurra rufen für das, was dort steht.
Aber das, was nicht dort steht, das freilich stimmt bedenklich. Zum Beispiel ist es ja gut und schön, dass die Schweine (ab 1. Juli) ein gesetzlich verankertes Recht auf einen besonderen Schlafplatz, einen besonderen Fressplatz und einen besonderen Mistplatz haben. Dieser rechtmäßigen Forderung der Schweine sind die Bauern im Allgemeinen jedoch schon entgegengekom-

men. Für die Schlachtschweine hingegen soll alles so bleiben wie bisher, das heißt also, sie sollen nach wie vor zusammengepfercht in einer Box schlafen, fressen und ihre Notdurft verrichten, und das unter unerträglichen Verhältnissen. Das Schwein ist nämlich von Natur aus ein reinliches Tier.

Und die Käfighühner sollen auch nicht auf eine für sie natürliche Weise leben. Nein, sie müssen auf ihre Freiheit noch warten, und Gott weiß, ob sie sie je erhalten. Erst muss nämlich herausgefunden werden, was für ein System die Käfige ersetzen könnte. In etwa zehn Jahren soll hinreichend geklärt sein, ob die Hühner es außerhalb des Käfigs besser haben, als zu dritt oder viert in einem einzigen zusammengepfercht zu sein. Natürlich ist das Leben für ein Huhn, wenn es draußen frei herumläuft, scharrt und im Sand badet. All das lässt sich in einem Käfig nicht machen. (Eine Hühnerhalterin erzählte mir, dass sie von einer Eierfabrik eine Henne gekauft habe, die endgültig aufgehört hatte, Eier zu legen. Als diese Henne aus ihrem Käfig herauskam, konnte sie nicht gehen, doch schon nach ein paar Tagen auf einem gewöhnlichen Hühnerhof lief sie genauso munter herum wie die anderen Hühner dort und begann wieder regelmäßig Eier zu legen.)

Alle Kühe sollen ein Weiderecht haben – falls es möglich ist. So steht es im neuen Tierschutzgesetz. Der

überwiegende Teil der schwedischen Kühe grast im Sommer draußen. Es ist jedoch unmöglich, den gesamten Bestand eines Großbetriebs ins Freie zu lassen. Folglich bringt das neue Gesetz in Bezug auf das Weiderecht der Kühe keine nennenswerte Veränderung. Und für das Jungvieh, die Färsen und Jungbullen, hat das neue Gesetz kein Weiderecht vorgesehen. Weshalb nicht? Müssen sie ihr kurzes Leben auf dem Lattenrost stehend verbringen, ohne je auf eine Sommerwiese zu kommen?
Aus gewissen Richtungen gibt es heftigen Widerstand gegen alle Veränderungen im Tierschutz. Wenn die Rede davon ist, die Käfige der Hühner zu öffnen, schwups!, kommt ein großer Eierproduzent mit der Erklärung, dass frei laufende Hühner dem Kannibalismus verfallen und dass ihnen deshalb die Schnäbel abgeschnitten werden müssten. Wenn die Rede vom Weiderecht der Kühe ist, schwups!, kommt einer mit der Erklärung, dass sich Kühe auf der Weide an Schrott und Nägeln zu Tode fressen. Ich habe bis zu meinem zwanzigsten Lebensjahr unter frei laufenden Hühnern und weidenden Kühen gelebt und in dieser Zeit nicht ein einziges Kannibalenhuhn oder eine einzige Kuh getroffen, die an Schrott gestorben wäre. Vielleicht gibt es jetzt mehr Schrott als früher, aber die Weideflächen davon frei zu halten, dürfte wohl nicht unmöglich sein.

Die Tiere sollen gegen Leiden geschützt werden, sagt der Gesetzesvorschlag. Dies muss Schutz während der Lebenszeit bedeuten, aber auch dann, wenn das Tier sterben muss. Und das wiederum bedeutet, dass etwas geschehen muss, was die Handhabung in den Großschlachtereien verbessert. Man muss sich doch fragen, warum die Schlachtung in diesem Maße zentralisiert werden musste.
Warum werden kleine Schlachthöfe stillgelegt, die einem Gebiet entsprechender Größe zur Verfügung stehen? Und die in diesem Gebiet Arbeitsmöglichkeiten schaffen?
Unsere Schlachttiere werden auf diese Weise freilich weit gereiste Tiere. Ich möchte ein Beispiel erzählen. Ein Bauer in Västergötland wollte Schafe zur Schlachtung bringen. Das Schlachthof-Auto kam und holte die Tiere zwischen zehn und elf Uhr vormittags ab. Da in dem Auto auch Schweine waren, fragte der Schafbesitzer, ob das Auto auch nach Skara fahre, wo die Schweineschlachtung ja zentralisiert ist. Nein, antwortete der Fahrer, die Schweine haben wir schon heute früh abgeholt, denn wir sind schon eine Tour nach Uddevalla gefahren und haben dort Schlachtvieh abgeliefert. Und jetzt müssen wir noch mal mit Schafen und Rindern nach Uddevalla, und danach machen wir noch eine Runde und füllen unseren Laster mit Schwei-

nen, die heute Abend in Skara abgeliefert werden müssen.
Diese armen Schweine mussten also den ganzen Tag lang herumkutschieren, ehe sie zu ihrer Nachtherberge in Skara kamen. Dort trafen sie nämlich so spät ein, dass die Tagesarbeit abgeschlossen war und sie nicht mehr geschlachtet werden konnten. Wenn jetzt der Schlachthof von Uddevalla zumacht, dann bietet sich auch dem Rindvieh Gelegenheit für lange Reisen.
Sogar nach dem Tode kommen die Tiere manchmal weit herum. Ein Beispiel. Ein Bauer in Dalarna bestellte in seinem Schlachthof in Borlänge ein zerlegtes Schwein. Das Schwein sollte ein Gewicht von circa achtzig Kilogramm haben. In Borlänge schlachtete man aber an diesem Tag kein Schwein dieser Größe, und deshalb suchte man per Computer und fand das passende Schwein im Schlachthof von Uppsala. Das Schwein wurde geschlachtet und nach Borlänge geschickt, aber der Bauer wollte sein Schwein ja zerlegt haben. Nun werden Schweine aber in Borlänge nicht länger zerlegt, also musste das Schwein nach Västerås verfrachtet werden. Danach wurde das zerlegte Schwein schließlich zum Schlachthof von Borlänge zurückgeschickt und von dort aus dem Bauern geliefert.
Werden die Transportkosten nicht recht hoch, wenn man so viele Tiere vor ihrem Tod erst auf Sightseeing-

tour im ganzen Land schickt? Und wird das Fleisch besser oder schlechter, wenn man es so lange Strecken hin und her transportiert?
Wollen die Bauern selber das alles wirklich auf diese erstaunliche Weise geregelt haben? Oder sind es nicht vielmehr ihre mächtigen Organisationen, die ausschließlich Großschlachthöfe für ökonomisch vorteilhaft halten? Niemand, der einmal gesehen hat, wie es auf den Großschlachthöfen zugeht, vergisst das je im Leben. Schweine im panischen Schrecken werden mithilfe elektrischer Schläge zum Eingang von Betäubungs- und Ausblutungsräumen getrieben. Manchmal, wenn die Schweine allzu zahlreich sind, wird die Geschwindigkeit am Fließband erhöht. Denn man hat es ja so unglaublich eilig. Und dann kann so ein Unglück geschehen: Ein nicht ausgeblutetes Schwein erwacht im Brühkessel schreiend wieder zum Leben und schwimmt so lange herum, bis es stirbt.
Wenn das ganze Gerede über den Schutz gegen Leiden einen Sinn haben soll, dann müssen die Großschlachthöfe umgebaut und mit mehreren kleineren Betäubungs- und Ausblutungsräumen versehen werden. Wir sollen jetzt ein neues Tierschutzgesetz bekommen. Das bedeutet, dass wir gerade jetzt eine einmalige Gelegenheit haben, gewisse Dinge im Tierschutz zu ändern. Und das, so glaube ich, erhofft sich die schwe-

dische Öffentlichkeit, einschließlich der Bauern, ja vielleicht vor allem der Bauern. Wir müssten ein Tierschutzgesetz bekommen, das unser Land auf diesem Gebiet zu einem Vorbild macht. Die Tiere leiden weltweit, vielerorts mehr als unsere schwedischen. Noch immer möchten wir in Schweden die Haustiere als unsere Freunde betrachten, obwohl das manchmal seltsame Formen annimmt. »Vergebt uns! Denn wir wissen nicht, was wir tun!« So ist es wohl.

Na, dann tschüs, all ihr Schweine und Hühner und Kühe und Kälber (und ihr Schafe natürlich auch, auch wenn ihr nicht so viel zu klagen habt)! Wir wollen hoffen, dass wir euch gegen Leiden und Krankheit schützen können und dass ihr so leben dürft, wie es für euch natürlich ist.

Das Gesetz wurde in der Presse fleißig diskutiert. Jetzt war man darauf verfallen, es Lex Lindgren zu nennen. Das war mehr, als ich ertragen konnte. Ich bedankte mich dafür im *Expressen*.

23. März 1988

Lex Lindgren – wer hat sich ausgedacht, dass das neue Tierschutzgesetz so heißen soll?
Und soll ich mich etwa geschmeichelt fühlen, dass dieses, in seinem jetzigen Wortlaut nichtssagende Gesetz nach mir benannt wird?
Und wer hat die Regierung zu dieser ausgehöhlten Deutung des edlen Versprechens getrieben: Alle Tiere müssen ein Recht auf ein für sie natürliches Leben haben?
Nun ist dies freilich erst ein Rahmengesetz, und man dürfte es eigentlich erst diskutieren, wenn das Zentralamt für Landwirtschaft die Vorschriften im Einzelnen formuliert hat.
Der Landwirtschaftsminister hat öffentlich versprochen, dass alle Tierfabriken verschwinden werden, aber seine in der Regierungsvorlage deklarierten Absichten sind als Richtschnur für das Zentralamt für Landwirtschaft allzu vage. Weiß man denn da, wie das alles vor sich gehen soll? Ohne eindeutige Direktiven?

Nein, ein Rahmengesetz sollte natürlich nicht diskutiert werden, aber ich kann doch ein paar Beispiele aus dem Ärmel schütteln, die zeigen, wie wenige von den guten Absichten in die Vorlage eingegangen sind. Zum Beispiel das Weiderecht! Da sind es nur Kühe, die grasen dürfen, doch das durften die schwedischen Kühe schon vor dem Gesetz. Dahingegen soll das Jungvieh – also die Kälber beiderlei Geschlechts – offenbar noch immer eingesperrt bleiben, ohne je eine Sommerwiese zu Gesicht zu bekommen.
Und die Schweine! Damit sie ein, wie ich es nennen möchte, menschenwürdiges Leben führen dürfen, brauchen sie einen Platz zum Fressen, einen zum Schlafen und einen für ihre Notdurft. Aber so gut sollen es nur die Zuchttiere bekommen! Und sie machen weniger als ein Prozent aller Schweine im Lande aus.
Die übrigen Prozent sind Schlachttiere, und sie sollen offensichtlich auch weiterhin in ihren Boxen eingepfercht leben, wo sie fressen und schlafen und ihre Notdurft verrichten müssen, so gut es eben geht. Ich weiß, dass ich jetzt zetere, ich habe das alles ja schon früher gesagt, aber ich versichere, dass die Schweine noch lauter zetern werden, weil sie dieses Leben führen müssen.
Und dann die Abgabe bei Krankheitsschäden! Wenn sie Wirkung haben soll, dann müsste ein Tierhalter,

der Tiere mit auffallenden Merkmalen überstandener Krankheit liefert, gründlich zur Kasse gebeten werden. Aber in dem Gesetzesvorschlag schließt sich der Landwirtschaftsminister einem anderen System an, das nur geringe Wirkung zeigen dürfte.
Wenn nämlich ein Tierhalter der Gesundheitskontrolle der Schlachtnahrungsmittel beitritt, dann kann er im Prinzip durch einen billigen Beitrag jeder Preisminderung bei kranken Tieren entgehen. Aber ein spürbarer Abzug bei kranken Tieren ist auf die Dauer das einzige Mittel, das die Gesundheit der Schweine verbessern kann.
Wenn all diese Dinge geändert werden, sodass das Tierschutzgesetz dem entspricht, was die Regierung sich vorgestellt und erhofft hat, dann werde ich mich jedes Mal geehrt fühlen, wenn von der Lex Lindgren (oder dem Tantengesetz, wie die jungen Brauseköpfe es nennen) die Rede ist.

Jetzt ging der Regierung mein ständiges Genörgel und Gequengel wohl allmählich auf die Nerven, denn der Landwirtschaftsminister Mats Hellström trat auf den Plan (im *Expressen* am 11. März 1988) und beteuerte, alles werde dank des neuen Tierschutzgesetzes ganz ausgezeichnet werden. Er hob das eine oder andere tröstliche Faktum hervor, erteilte mir in gewissen Punkten eine milde Zurechtweisung und beendete seine Ausführungen, indem er Klein-Idas Sommerlied zitierte: »Glaub nicht, dass dir ein Sommer winkt, wenn man das nicht in Schwung bringt«, und das, so behauptete er, hätte ich getan, und er fand es gut, dass ich und viele andere nicht lockerließen, wenn es um das Wohl der Tiere gehe. Die wirkliche Antreiberin Kristina Forslund nannte er nicht mit Namen, aber sie muss er wohl im Sinn gehabt haben. Ich antwortete auf seinen Brief im *Expressen*.

6. April 1988

Lieber Mats Hellström,

danke für Deinen Brief (im *Expressen* am 31. März). Er hat mir sehr gefallen, besonders der Schluss, wo Du Klein-Idas Sommerlied zitierst. Ich habe es sofort vor mich hin gesummt und es schließlich laut und deutlich einem Jungbullen im Bekanntenkreis vorgesungen, der auf seinem Lattenrost stand und melancholisch aussah.

> Glaub nicht, dass dir ein Sommer winkt,
> falls Mats das nicht in Schwung bringt
> und Weiderecht auch dir beschert
> in deiner Welt, die so verkehrt.

Ich merkte zwar nicht, dass er durch das hübsche Lied fröhlicher wurde. Da er jedoch erst in sechzehn Monaten geschlachtet werden soll, muss er ja ganz unvermeidlich einen Sommer erleben, wenn auch den einzigen seines Lebens. Und dann darf er vielleicht grasen, falls Mats das nun in Schwung bringt. Schwung auch in die Sache mit den kleinen Kälbern, die im Alter von sechs Monaten geschlachtet werden. Nein, dass sie im eiskalten Winter draußen grasen sollen, habe ich mir wirklich nicht gedacht. Herbstkälber brauchen kein Weiderecht. Aber die im Frühjahr Geborenen – lieber Mats, stell Dir doch bloß mal vor, mit welcher Freude die im frischen Gras herumhüpfen würden. Aber ...

Glaub nicht, du kommst je aus dem Stall,
falls Mats das nicht in Schwung bringt
und dir, das hoff ich doch in jedem Fall,
ein bisschen Sommerluft erringt.

Außerdem ist es vom Gesundheitsstandpunkt aus gut, wenn die Ställe irgendwann im Sommer einmal ganz geleert werden, nicht zuletzt für die Kälber, die im Herbst geboren werden. Sie haben dann einen besseren Start und weniger Krankheitsrisiken.
Auch den Schlachtschweinen habe ich etwas vorgesungen, die uns beiden ja so leidtun.

Glaub nicht, in deiner Box wird's nett,
falls Mats das nicht in Schwung bringt
und dir, ob mager oder fett,
mehr Platz verschafft – oh, wie das klingt!

Ich glaube Dir aufs Wort, dass Du die Schlachtschweine und das Jungvieh bedauerst, aber warum sagst Du

Deine Meinung dann nicht in klaren, unmissverständlichen Worten? Beispielsweise, dass die Schlachtschweine das gleiche Recht auf getrennte Abteilungen zum Schlafen, zum Fressen und zum Verrichten ihrer Notdurft haben wie die Zuchttiere. Hier sind nämlich klare Worte über das, was gefordert werden muss, nötig und nicht nur wohlmeinende Empfehlungen.
Was die Abgabe bei Krankheitsschäden betrifft, so frage ich mich, was geschieht, wenn die Frist für das freiwillige Übereinkommen zwischen der Fleischbranche und der Landwirtschaftskammer am 1. Juli 1989 abläuft. Aber vielleicht soll man sich darüber noch keine Sorgen machen.
Lieber Mats Hellström, ich habe Dich vor einiger Zeit so klug über die Segnungen der Kleinbetriebe im Vergleich zu dem Elend in den Tierfabriken reden hören. Ja, wenn Du auch da ein wenig ändern willst, dann ist es schon nötig, »dass Mats wirklich Schwung in die Sache bringt«. Denn da gibt es Widerstände zu überwinden. In Erwartung, dass Du sie überwinden wirst, tröste ich mich mit dem Gedanken an die vielen, vielen schwedischen Bauern mit Kleinbetrieben, die ihre Tiere liebevoll und fürsorglich betreuen und die im Grunde gar kein neues Tierschutzgesetz brauchen.
Tschüs!

PS: Was meinst Du, sollten wir nicht eine stille Gedenkminute für die Käfighühner abhalten? Du hast der Eierbranche sehr großzügig eine zehnjährige Gnadenfrist gewährt, und so lange werden sich die Großproduzenten bestimmt über folgende Frage den Kopf zerbrechen: »Geht es den Hühnern eigentlich in engen Käfigen am besten, oder sollte es ihnen am Ende besser gefallen … tja, in einem anderen System, das … tja, als Lebensweise natürlicher für sie ist?« Inzwischen scheidet eine unberechenbar große Anzahl Hühner ohne eine Feder auf dem Leibe aus dem Leben.

Danach warteten wir mit Spannung auf die Anwendungsvorschriften der Landwirtschaftskammer. Als sie endlich erschienen, bestätigten sich unsere Befürchtungen. Unter der Überschrift »Mehr kam für die Tiere dabei nicht heraus« veröffentlichte ich meinen letzten Artikel.

22. Januar 1989

Unser neues Tierschutzgesetz, das wir ja erst kriegen sollen, weckt jetzt schon überall unerhörten Jubel. Ja, nicht nur in Schweden, sondern in vielen Teilen der Welt. Dort staunt man darüber, dass es ein Land gibt, das endlich einsieht, dass die Tiere ein Recht auf ein anständiges Leben haben. Und dass es Wesen sind, die Trauer, Leiden und Schmerzen empfinden, aber genau wie Menschen auch Freude, und die darum mit einer gewissen Rücksicht behandelt werden müssen und nicht mit der Herzlosigkeit, wie sie überall in der Welt üblich geworden ist.
Endlich gibt es ein Land, das sich der Tiere annimmt, steht in den Briefen, die ich aus den verschiedensten Ländern von Tierfreunden erhalten habe. Anscheinend sehen sie vor sich, wie unsere schwedischen Kühe und Kälber, Schweine und Hühner etwa so leben wie im Lustgarten Eden, wo sie putzmunter und vergnügt auf grünen Paradieswiesen herumtollen.
Aber wie ist es denn nun wirklich? Und wie wird es

werden? Hat sich etwas in der schwedischen Grundeinstellung Tieren gegenüber verändert?
Ja, man spricht jetzt nicht mehr von »Produktionseinheiten«, wenn man Kühe und Schweine meint, was an und für sich ein Segen ist. Es kam einem ja so aberwitzig vor, zu einem Ferkelchen zu sagen: »Hej, meine kleine Produktionseinheit, wie geht's dir denn so?« Wenn man außerdem schon von Weitem sehen konnte, dass es ihm schlecht ging.
Aber jetzt soll ja alles besser werden, in jeder Hinsicht besser. Oder nicht?
In ihrem neuen Tierschutzgesetz hat die Regierung den ehrlichen Willen bekundet, die schlimmsten Missstände zu beseitigen. Doch leider muss man wohl sagen, dass sie ihr Ziel nicht ganz erreicht hat. Noch mehr gilt das für die Anwendungsvorschriften des Zentralamtes für Landwirtschaft.
Es ist ja viel darüber geredet worden, dass dieses neue Gesetz ein Geburtstagsgeschenk der Regierung für mich sein soll. Ich bin nicht so eingebildet, das auch nur einen Augenblick lang zu glauben. Aber von mir aus! Wir können ja so tun als ob. Deshalb bedanke ich mich jetzt auch von ganzem Herzen. Vielen Dank! Und platze sofort mit dem heraus, was ich am Geschenk auszusetzen habe.
Das neue Tierschutzgesetz schreibt vor, dass die Tiere

nicht so gehalten werden dürfen, dass sie dadurch zwangsläufig krank werden.
Ferner sollen sie die Möglichkeit haben, sich natürlich zu verhalten.
Prägen wir uns diese beiden absoluten Forderungen gut ein! Und dann wollen wir mal sehen!
Wir fangen mit den Schweinen an. Zum natürlichen Verhalten von Schweinen gehört es, in der Erde zu wühlen. Von allen schwedischen Schweinen sind es jedoch nur einige Promille, die so viel Spaß haben dürfen, nämlich die Zuchtsäue. Die Schlachttiere aber, die ja unvergleichlich größere Anzahl unserer Schweine, müssen ihr Ende eingesperrt abwarten. Zwar haben sie das gesetzliche Recht auf mehr Platz und auf eine Streuunterlage, aber damit hat der Spaß auch schon ein Ende.
Und nun schauen wir uns mal die Rinder an. Was bedeuten die neuen Vorschriften für sie?
90 Prozent unserer schwedischen Milchkühe gehen im Sommer auf die Weide und brauchen deshalb kein gesetzlich verankertes Weiderecht.
Die neuen Vorschriften besagen, dass alle Kühe täglich mindestens drei Stunden draußen sein müssen, mit Ausnahme solcher, die keinen Zugang zu einer Weidefläche haben. Das heißt also die, die im Stall stehen. Und das bedeutet, dass die die Kühe betref-

fenden Vorschriften gar keine Veränderung ihrer Lage bringen.
Aber Masttiere und größere Kälber brauchten allemal gesetzliche Hilfe, um im Sommer den Ammoniakdünsten entfliehen zu können. Warum übergeht man sie im Tierschutzgesetz mit Schweigen? Diese jungen Tiere, etwa 500 000 Stiere, Ochsen und Kälber, die das Grün unserer Wiesen und Weiden in hochwertiges Protein verwandeln könnten – warum dürfen sie nicht raus und grasen?
Warum darf übrigens die spezialisierte Fleischtiermästung weitergehen? Im Gesetz steht doch, dass die Tiere so behandelt werden müssen, dass sie nicht krank werden. Aber dieses Mastvieh wird krank.
Dann haben wir da noch die neugeborenen Kälber. Wir wissen, dass sie krank werden, wenn sie nicht innerhalb von sechs Stunden nach der Geburt die sogenannte Biestmilch der Kühe bekommen. Dann müsste es auch im Gesetz festgelegt werden, dass sie diese Biestmilch wirklich erhalten. Mit dem allgemeinen Rat des Zentralamtes für Landwirtschaft, dass sie schnellstmöglich Biestmilch haben »müssten«, kann man sich nicht zufriedengeben.
Ein Kalb wird auch krank, wenn man es abtransportiert und in einem anderen Stall als in dem, wo es geboren ist, aufzieht.

Und, wie gesagt, Tiere sollen ja so behandelt werden, dass sie nicht zwangsläufig krank werden, schreibt das Tierschutzgesetz vor.
Die Hühner, diese armen Käfighühner, sie müssen bis zur Jahrhundertwende warten, ehe sie sich ihrer Natur gemäß verhalten dürfen. Bis dahin sollen sie auf einem Raum von sechs Quadratdezimetern leben und auf einem Drahtboden stehen. Vielleicht mag es ihnen ein Trost sein, dass ihre Ururururururenkel – oder so – es besser kriegen. Wenigstens dann, wenn man bis dahin ein neues System gefunden hat, das ökonomisch genauso vorteilhaft ist wie das mit den Käfigen.
Im Tierschutzgesetz steht, »wenn Tiere zur Schlachtung geführt und geschlachtet werden, sollen ihnen dabei unnötiges Unbehagen und Leiden erspart bleiben«. Trotzdem fährt der Schlachtereiverband mit der Zentralisierung fort und baut auch weiterhin große Schlachthöfe. Das bringt weite Transporte mit erhöhtem Stress und vermehrtem Unbehagen für die Schlachttiere mit sich.
Was die Schlachtung betrifft, so hat das Zentralamt für Landwirtschaft keine Anwendungsvorschriften bekannt gegeben. Wahrscheinlich beabsichtigt man deshalb, bei der Schlachtung dieselbe Technik anzuwenden wie bisher. Bleibt das Schlachten aber, wie es ist, bedeutet

das weiterhin ein unerhörtes Leiden für die Tiere. Das liegt am System selber.
Das Einzige, worauf man hoffen kann, ist, dass das Zentralamt für Landwirtschaft sich auf seine Verantwortung gegenüber lebenden Wesen besinnt und etwas Grundsätzliches gegen dieses System der Tierquälerei unternimmt. Sodass künftig das Risiko verschwindet, dass ein Schwein noch lebend im Brühkessel landet.
Lebt nun wohl, alle Kühe und Kälber, Schweine und Hühner! So paradiesisch, wie man draußen in der Welt meint, wird es für euch wohl nicht werden. Aber ihr könnt ja mal den Gott der Schweine und der Kühe, der Kälber und der Hühner anflehen und bitten, dass er ein Wörtchen mit dem Landwirtschaftsminister redet. Aber ihr müsst schon sehr hartnäckig bitten, denn wenn es euch nicht gelingt, die Herzen der verantwortlichen Herren jetzt zu rühren, dann gelingt euch das nie.
Um anzufangen, könnten die ja in dem genannten Fall in der letzten Fassung das »müsste« in »soll« ändern.
Tschüs!

Was Kristina und ich hinterher zueinander sagten

»Mehr ist für die Tiere dabei also nicht herausgekommen! Über drei Jahre lang haben wir uns dafür eingesetzt und unverdrossen die eine grundlegende Tatsache betont. Nämlich: Unsere Tiere sind lebende Wesen, die Leiden und Angst und Schmerz verspüren genau wie wir Menschen.
Was wir uns erhofft und erträumt haben, ist, dazu beitragen zu können, dass die Tiere in unserem Land weniger leiden müssen. Wir sind uns der Tatsache bewusst, dass es andernorts in der Welt noch schlimmer ist. Doch noch immer gibt es vieles, was auch hier bei uns geändert werden müsste. Was hältst du von dem Ergebnis der Kampagne, Kristina?«
»Ja, wenn wir mit dem Positiven beginnen, so können wir wohl feststellen, dass sich die allgemeine Einstellung zum Tierschutz und zur Tierhaltung verbessert hat. Und in der Landwirtschaft spricht man jetzt von Ethik, bei der Tierhaltung bringt man also jetzt ethische Gesichtspunkte ein, vielleicht als Folge davon, dass es nicht länger um Produk-

tionseinheiten geht, sondern um Schweine, Kühe, Kälber und Hühner. Viele Bauern haben auch aus eigener Initiative ihre Tierbetreuung verbessert. Ja, viele Tiere haben es eindeutig besser als früher.«

»Na, aber das Negative? All das, was sich nicht die Spur verändert hat?«

»Die Schlachtschweinproduktion und die sogenannte spezialisierte Rindfleischproduktion besteht im Großen und Ganzen in unveränderter Form weiter, trotz des neuen Tierschutzgesetzes. Diese Typen der sogenannten animalischen Produktion beinhalten für die Tiere die denkbar schlimmsten Umweltbedingungen, und hier werden auch die größten Mengen an Antibiotika verbraucht. Es ist höchst bedauerlich, dass sich eine gute Tierbetreuung in der Schweine- und Rindfleischproduktion nicht unmittelbar auszahlt. Bei der Ferkel- und Milchproduktion ist dies jedoch der Fall. Das neue Tierschutzgesetz mit seinen Anwendungsvorschriften hat aber nur festgeschrieben, was die Ferkelzüchter und Milchbauern bereits selber herausgefunden hatten, dass nämlich gute Tierpflege Hand in Hand geht mit guter Ökonomie, und viele Bauern hatten die Lebensbedingungen ihrer Tiere schon vor diesem Gesetz verbessert.«

»Wir wollen das Ganze einmal systematisch durchgehen! Fangen wir mit den Ferkeln an, diesen armen Tierchen! Man behauptet, dass uns das neue Futtermittelgesetz von

1986 sehr strenge Einschränkungen bei der Verwendung von Antibiotika im Viehfutter beschert habe. Wie ist es dann möglich, dass in unserer schwedischen Tierhaltung solche Unmengen von Antibiotika verbraucht werden? Erzähl mir von den Ferkeln, Kristina!«

»Nun, es geht um Gewinnerzielung. Das Schwein soll – jedenfalls nach der Vorstellung gewisser Landwirte – schneller wachsen, als es die Natur vorgesehen hat, damit es dem Tierhalter mehr Geld einbringt. Statt nun dem Ferkel ein seinem kleinen Ferkelmagen angepasstes Futter zu geben, bekommt es ein viel zu kräftiges Futter. Das macht das Schweinchen krank, und es bekommt Durchfall – sofern man ihm nicht gleichzeitig Antibiotika verabreicht. Dieses Medikament wird von einem Tierarzt verschrieben, der sich wohl oder übel dazu gezwungen sieht, weil es nämlich kein Tierarzt ertragen kann, mit anzusehen, wie ganze Ferkelwürfe elend verenden. Würden sich die Ferkelproduzenten aber mit einem langsameren, normaleren Wachstumstakt in besserem Milieu begnügen, dann wären Antibiotika im Großen und Ganzen überflüssig. Dass einzelne Tiere erkranken können und dann mit Antibiotika behandelt werden müssen, versteht sich von selbst. Wir werden es aber nicht hinnehmen, dass ganze Tierbestände Medikamente bekommen, nur weil sie im falschen System aufwachsen. Man stelle sich vor, dass wir allen Kindern in einer Tagesstätte zum Mittagessen Antibiotika-Wurst servieren würden, nur weil ein einziges Kind Mittelohrentzündung hat. Genauso verrückt ist es, ganzen Tierbeständen unterschiedslos Antibiotika zu verpassen.«

»Du, Kristina, erzähl mir, wie es den Ferkeln dann weiter ergeht!«

»Gern. Wenn sie etwas größer geworden sind, verfrachtet man sie zu einem Schlachtschweinproduzenten. Tatsächlich gibt es Schlachtschweinproduzenten, die ihre Tiere gut versorgen, aber fest steht, dass es in den meisten Schweineställen genauso betrüblich aussieht wie früher und man dort von einem neuen Tierschutzgesetz offenbar nie etwas gehört hat. Darin steht unter anderem, dass den Tieren die Möglichkeit geboten werden soll, sich ihrer Natur gemäß zu verhalten, und da das Schwein ein reinliches Tier ist, hieße das also, dass es einen besonderen Futterplatz, einen besonderen Schlafplatz und einen Platz für seine Notdurft haben müsste. Aber nach alldem kann sich ein Schwein die Augen ausgucken. Das arme Tier steht eingeklemmt zwischen anderen Schlachtschweinen, wird größer und fetter und durch Bewegungslosigkeit gestresst, und das einzige Vergnügen, das ihm bleibt, ist, dem nächststehenden Schwein in den Hintern zu beißen, ja, denn es steht, wie gesagt, unter Stress. Früher bekamen die Schweine durch den Stress Muskelschwund, und da machte man sich daran, einen Schweinetyp zu züchten, dessen Fleisch auf Stress nicht mit Muskelschwund reagiert. Aus

diesem Grund hat sich die Menge stressgeschädigten Fleisches vermindert, denn jetzt kann ein Schwein wer weiß wie stressgeschädigt sein, ohne dass man es dem Fleisch anmerkt. Aber das Schwein ist auch noch auf andere Weise geplagt. Es darf selten auf Stroh liegen, obwohl ihm dies im Tierschutzgesetz ausdrücklich zugesichert wird. Die Ausmistungsanlagen sind nicht für Stroh gebaut! Es darf auch niemals ins Freie; den längsten Spaziergang seines Lebens macht es in den endlosen Gängen des Schlachthofes, wenn es zur Schlachtung getrieben wird.«
»Aber verzage nicht, mein Schweinchen, oder richtiger gesagt, du Dickwanst von neunzig Kilogramm, der du inzwischen geworden bist! Bald wird man dafür sorgen, dass sich dein Wohlbefinden auf großzügige Weise erhöht. In den Neunzigerjahren wirst du noch fünfzehn Quadratdezimeter dazubekommen, auf denen du dich dann herumwälzen kannst. Bisher hast du nur sechzig Quadratdezimeter Platz gehabt, aber das soll nun auf fünfundsiebzig herrliche Quadratdezimeter erweitert werden, da freust du dich wohl, nicht wahr? Ach, du freust dich nicht? Wollen wir nun zum bitteren Ende kommen? Ich meine, der Schlachtung?«
»Ja, das ist immer noch ein düsteres Kapitel, trotz aller ernsthaften Versuche seitens der Schlachtwirtschaft, Verbesserungen einzuführen. Es würde sich leichter bewerkstelligen lassen, wenn man die Schlachtung nicht immer mehr

in diesen riesigen Schlachthöfen mit ihren allzu großen Aufnahmeflächen konzentrierte, die einerseits lange, anstrengende Transporte voraussetzen und andererseits eine so ›rationelle‹ Handhabung erzwingen, dass sich das Leiden der Tiere auf unannehmbare Weise verschlimmert. Nebenbei bemerkt sollte für Menschen, die mit Tieren arbeiten, jegliche Form von Akkordarbeit verboten werden.«

»Dann, Kristina, widmen wir uns jetzt wohl unseren dreckigen Kühen. Kannst du mir erklären, warum die Kühe heutzutage von oben bis unten mit ihrem eigenen flüssigen Kot beschmiert sind, der sogar die Wände vollspritzt? Ist das etwa gemeint, wenn das Gesetz vorschreibt, dass sich die Tiere ihrer Natur gemäß verhalten dürfen?«

»O nein, ganz im Gegenteil, wovon die Kühe Durchfall kriegen, das sind die unnatürlichen Mengen Kraftfutter und Silage, die die Kühe fressen müssen, um genügend Milch zu geben. Und in unseren Kuhställen gibt es keine Leute mehr, die die Tiere striegeln und sauber halten. Diejenigen, die das konnten und bereit waren, es zu tun, haben dem Landleben längst den Rücken gekehrt. Ja, deshalb stehen unsere Kühe in ihren Ställen mit eingebrannter Scheiße, die ihre Beine zerfrisst, ein Leiden, das mit anzusehen für den Bauern, den Tierarzt, den Besamer und alle, die sich in der Nähe der verdreckten Tiere aufhalten müssen, ein quälender Kummer ist.«

»Dann sagen sie wohl mit dem småländischen Häusler,

der seinen Gutsherrn um Futter für seine hungrige Kuh bat und eine Absage bekam: ›Mir kann's ja egal sein, schlimm ist's nur für die Kuh.‹ Auch die eingebrannte Scheiße an der Kuh ist ja am schlimmsten für die Kuh.«

»Sollten wir vielleicht jetzt über die Kälber sprechen? Fangen wir mit den Verbesserungen an! Das Recht des Kalbes ist es, nach der Geburt von der Mutterkuh sauber geleckt zu werden, eine Wohltat sowohl für die Kuh als auch für das Kalb, und so geht es jetzt auch meistens zu. Meistens bekommt das Kalb auch die lebenswichtige Biestmilch, die es als Schutz gegen Infektionen innerhalb von sechs Stunden haben muss.

Im Allgemeinen hat es das neugeborene Kalb jedoch recht gut. Mehr und mehr Bauern haben für ihre Milchkühe eine Box zum Kalben, mit anderen Worten, die Kuh kalbt in einer Box, wo sie nicht angebunden ist und sich ein paar Tage lang mit ihrem Kälbchen frei bewegen kann. Manche Bauern lassen die Kälber sogar hinter den Kühen frei im Stall herumlaufen, wo sie an allem lutschen und knabbern können, was ihnen gut bekommt. Doch bald beginnt der Ernst des Lebens. Die Färsen, die mit der Zeit zu Kühen werden, haben es leichter, aber für so ein kleines Stierkalb ist aller Spaß vorbei. Es wird zu einem spezialisierten Rindfleischproduzenten verfrachtet und dort mit Artgenossen aus anderen Beständen zusammengepfercht, was ihm außerordentlich schlecht bekommt. Es kriegt

Schnupfen, Durchfall, häufig Lungenentzündung und fühlt sich miserabel. Den Rest seines Lebens bis zur Schlachtung muss es auf einem Lattenrost oft ohne Stroh verbringen, und es darf nie mehr frische Luft atmen, sondern muss in einem ammoniakgasgeschwängerten Raum und im Getöse der Ventilatoren leben. Wie ist das möglich, fragt sich der unkundige Laie. Dem Vieh ist doch das Weiderecht gesetzlich garantiert worden. Ja, den Kühen! Aber auch nur dort, wo sich ›die Möglichkeit bietet‹, dürfen die Milchkühe auf die Weide. Doch Kälber unter sechs Monaten, männliche und weibliche, sind von diesem Weiderecht ausgenommen.«

»Gibt es noch andere Ungerechtigkeiten, denen ein Kalb ausgesetzt ist?«

»O ja! Kälber bis zu einem Monat dürfen noch immer ohne Betäubung enthörnt werden, das heißt, die Hörner werden mittels eines Brenneisens entfernt, sodass den Kälbern nie wieder Hörner wachsen. Diesen Schmerz scheint das Kalb nie zu vergessen. Bauern haben mir von Kälbern erzählt, die ›handscheu‹ geworden sind, die sofort zurückschrecken, wenn man die Hand ausstreckt; sie misstrauen den Menschenhänden. Tiere aber, die mit örtlicher Betäubung enthörnt worden sind, reagierten nicht auf diese Weise. Ein Kalb darf auch ohne Betäubung kastriert werden, wie übrigens auch Ziegen und Schweine.«

»Kastrierung ohne Betäubung muss entsetzlich sein. Mein

Vater hat mir erzählt, dass er irgendwann vor der Jahrhundertwende, als er so um die zwanzig war, einem Tierarzt beim Kastrieren eines Fohlens behilflich sein musste. Nun war es ein tierliebender Veterinär, denn er befahl meinem Vater, sich ins Gras zu setzen, den Kopf des Fohlens in seine Hände zu nehmen und während der Operation zu singen: ›Schu, schu, mein Fohlen klein, du armes Pferdchen mein.‹ Ich weiß zwar nicht, ob das als Betäubungsmittel wirksam war, aber es zeigt doch wenigstens, dass der Tierarzt ein Herz im Leibe hatte.«
»Astrid, kein Tierarzt darf heutzutage ohne Betäubung kastrieren, das wäre ein Kunstfehler, aber die Bauern selber dürfen es gemäß dem Tierschutzgesetz tun.«
»Kristina, wir haben ja die Käfighühner vergessen!«
»Ach, das sind die doch gewohnt! Sie hocken immer noch in ihren Käfigen, freilich nur noch zu dritt in einem Käfig, während sie früher zu viert waren. Die Absicht besteht, dass sie in zehn Jahren aus ihren Käfigen herauskommen, ja, natürlich nicht die, die jetzt darin hocken, sondern ihre Nachkommen so etwa im zwanzigsten Glied. Im Übrigen gibt es unter den Eierproduzenten eine starke Bewegung, die die Überlegenheit des Käfigsystems gegenüber allen anderen Systemen beweisen möchte, weil es ja so gut und angenehm sei.«
»Angenehm für wen? Haben sie die Hühner gefragt?«
»Nein, das haben sie sicherlich nicht.«

»Aber stell dir vor, Kristina, die Tiere könnten sprechen. Was würden sie deiner Meinung nach über das neue Tierschutzgesetz sagen, das man uns als so revolutionierend angepriesen hat?«
»Für revolutionierend würden sie es bestimmt nicht halten. Aber sie selber können ja keine Revolution machen. Sie haben nur ein einziges Mittel, sich gegen schlechte Behandlung zu wehren. Und zwar, indem sie nicht mehr gewinnbringend sind. Aber leider gibt es Bereiche, wo sich mit den Tieren trotz schlechter Behandlung Gewinne erzielen lassen, wie zum Beispiel in der Eier- und in der Schlachtschwein- und Rindfleischproduktion. Hier wären starke ökonomische Sanktionen vonseiten der Öffentlichkeit erforderlich, die erklären müsste, dass sie nicht länger Fleisch von schlecht behandelten und kranken Tieren haben will. Ohne solche Sanktionen werden wir diese Probleme nicht lösen, und die Tiere leiden weiter wie bisher. Das neue Tierschutzgesetz gibt den Tieren keine Garantie. Außerdem haben wir keine Kontrolle des Tierschutzes, jedenfalls nichts, was diesen Namen verdiente. Die Aufsicht darüber ist ja wohl Sache der Kommunen, aber dort hat man für eine derartige Tätigkeit keine Zeit, andere Dinge sind wichtiger.«
»Wollen wir Schluss machen, Kristina? Schluss mit all unserem Gezeter und ständigen Wiederholungen? Wir haben gezetert, um den Tieren zu helfen und damit indirekt auch

den Tierbesitzern und den Verbrauchern. Denn natürlich könnte der schwedische Bauer, der seit eh und je ein tüchtiger Landwirt gewesen ist, Fleisch, Milch und Eier von einer Qualität liefern, die in Konkurrenz mit den Produkten aus anderen Ländern gut bestehen würde.«

»Ja, stell dir vor, man könnte bei der Vermarktung darauf hinweisen: Dies ist schwedisches Fleisch! Es ist produziert worden ohne Zusatz von Antibiotika im Futter, ohne Hormone und mit pfleglicher Tierbetreuung. Doch wenn schwedisches Fleisch auf dem Markt als Garantie für prima Fleisch gelten soll, dann müssten sich auch alle Bauern solidarisch dafür einsetzen.«

Zum Schluss die nun folgenden klugen Worte aus dem neuen Tierschutzgesetz: »Tiere sollen in einem guten Tiermilieu dergestalt gehalten und versorgt werden, dass es ihrer Gesundheit dienlich ist und ihnen die Möglichkeit geboten wird, sich naturgemäß zu verhalten.«

Wir kommentieren: Jawohl!

Kristina Forslund
Astrid Lindgren

Nachwort

Es ist jetzt 25 Jahre her, dass das Buch »Meine Kuh will auch Spaß haben« zum ersten Mal erschien. Und es ist über 30 Jahre her, dass ich, mit einer Mischung aus Schrecken und Freude, auf der Titelseite der Zeitung *Expressen* las: »Astrid Lindgren schlägt Alarm: Tiere auf schwedischen Bauernhöfen werden gequält! Kauft kein Fleisch!«

Der Artikel im *Expressen* schlug ein wie eine Bombe. Ich war Tierärztin, ich hatte keine Erfahrung damit, was es bedeutete, an die Öffentlichkeit zu gehen. Mir war aber klar, dass es problematisch werden könnte, wenn Astrid Lindgren meinen echten Namen verwenden würde. Ich befürchtete Repressalien von Tierproduzenten und von den Teilen der Tierärzteschaft, denen es egal war, wie es unseren Nutztieren ging. Diejenigen, die in der Milch-, Fleisch- und Eierproduktion arbeiteten, hatten kein Interesse daran, der Allgemeinheit Einblick in die dort herrschenden Zustände zu gewähren. Deshalb nannte Astrid Lindgren mich im Buch sicherheitshalber Lena.

Auch Astrid Lindgren wurde für ihr Engagement kritisiert, sowohl von Bauernvereinigungen, die fanden, Märchenomas sollten sich nicht in Dinge einmischen, von denen sie nichts verstehen, als auch vom literarischen Schweden, das Tierschutz als unter seiner Würde betrachtete. Tierschutz sei etwas, womit sich feine Damen mit dicken Hunden beschäftigen sollten, aber nicht Autorinnen.

Wie im Buch zu lesen ist, resultierte die Debatte, die der Artikel im *Expressen* ausgelöst hatte, in einem neuen Tierschutzgesetz, das die schwedische Regierung Astrid Lindgren 1987 anlässlich ihres 80. Geburtstag zum Geschenk machte und das im Volksmund bald »Lex Lindgren« genannt wurde. Aber herrschten von da an himmlische Zustände für unsere Hühner, Schweine und Kühe? Tja, ganz so war es leider nicht. Ein Teil unserer Nutztiere hat es inzwischen besser, aber bei Weitem nicht alle.

In dem Tierschutzgesetz von 1987/88 wurden unter anderem das Weiderecht für Milchkühe und das Recht für Schweine auf Stroh in ihren Boxen festgeschrieben. Astrid und ich hofften, das Weiderecht werde garantieren, dass auf das Bedürfnis von Kühen, auf grünen Wiesen zu stehen und Gras zu fressen, Rücksicht genommen würde. Genauso hofften wir, dass »Stroh in den Boxen« für ein größeres Wohlbefinden der Schlachtschweine sorgen würde, weil es ihnen Beschäftigung gibt und weil sie nicht auf dem nackten Boden liegen müssen.

Inzwischen hatten Industrie und Landwirtschaftsbehörde sich allerdings mehr um die Wirtschaftlichkeit in der Produktion als um das Wohlergehen der Tiere gekümmert und Milchbauern Ausnahmegenehmigungen erteilt, sodass viele Kühe nicht nach draußen auf die Weide kamen.
Aus dem Recht der Schweine auf Stroh, entsprechend § 16: *Boxen für Schweine und für Kälber bis zum Alter von einem Monat müssen mit Stroh oder einem vergleichbaren Material versehen sein*, wurde in der Praxis eine Handvoll Halme in der Box.
Ein Verstoß gegen diesen Paragraf 16 wurde nie gerichtlich geahndet. Als jedoch 2009 Tierschutzaktivisten heimlich einen großen Schweinestall filmten, in dem kranke Schweine in Schmutz und Elend direkt auf dem Betonboden lebten, erhoben die Eigentümer sofort Anklage gegen die Eindringlinge.
Die Schweinezüchter beschafften außerdem Gutachten von zwei Professoren, Schweineexperten, denen zufolge Tiere auch unter guten Bedingungen krank werden können. Ich schrieb an den Anwalt der Schweinezüchter und erklärte, dass man in dem Film nicht einen Halm Stroh sehe, was eindeutig gegen die Verordnung »Stroh in der Box« und damit gegen das Tierschutzgesetz verstöße.

Daraufhin wurde die Anklage gegen die Aktivisten kommentarlos fallen gelassen.

Diese Angelegenheit macht deutlich: Viele Schlachtschweine müssen nach wie vor auf Beton schlafen, wenn ihr kleines bisschen Stroh aufgefressen ist. Die Gesetzesformulierung wird so großzügig wie nur möglich ausgelegt – trotz Astrid Lindgrens Hinweis, »so sollte man es nicht haben müssen, wenn man ein kleines Schwein ist«.
Es ist wichtig, zwischen »Tierschutz« und »Tierwohl« zu unterscheiden. Das »Tierwohl« soll, laut dem schwedischen Tierschutzgesetz, von einem Tierarzt beurteilt werden, der seine Beurteilung auf wissenschaftliche Erkenntnisse stützt, die Teil der veterinärärztlichen Ausbildung sind: Physiologie, Pathologie, Medizin, Chirurgie, Verhaltensbiologie etc. Das »Tierwohl« ist etwas, das alle Tiere gleichermaßen betrifft, egal, wo auf der Welt sie leben. Der »Tierschutz« aber definiert sich aus den Gesetzen, die in jedem einzelnen Land das Verhältnis zwischen Mensch und Tier regeln. Die Schweine auf dem heimlich gefilmten Video litten offensichtlich unter Schmutz, Stress und Krankheiten, und ihre Situation entsprach sicherlich nicht dem wünschenswerten Tierwohl. Ob die Haltung dem Tierschutzgesetz entsprochen hatte, wurde jedoch nie vor Gericht geklärt.

Die Probleme der Tiere bestehen also nach wie vor, und heute gibt es niemanden mehr, der so für die Tiere sprechen kann, wie Astrid Lindgren es damals tat. Niemand findet bei den Menschen so Gehör, wie Astrid Lindgren es fand. Ohne ihren Einsatz hätte das Tierwohl es nie auf die politische Agenda geschafft. Heute wissen wir viel mehr über die Bedürfnisse der verschiedenen Tierarten, sowohl was Physiologie als auch Verhalten betrifft, denn die von Astrid Lindgren ausgelöste Debatte setzte große Mittel frei, die zur Forschung am Tierwohl verwendet wurden. Leider findet dieses Wissen nicht immer Anwendung, wenn Gesetze und Verordnungen geschrieben werden.

Viele Tierschützer finden, dass wir Menschen kein Fleisch essen, keine Milch trinken sollten. Astrid und ich aber fanden nicht, dass Veganismus eine Alternative zu guter Tierhaltung ist. So viele von uns haben Freude daran, Tiere zu besitzen und mit ihnen zu leben, und unsere Haustiere leben gern bei uns. Haustiere, im Gegensatz zu wilden Tieren, entscheiden sich dafür, ohne Leine, Käfig oder Zaun bei ihrem Besitzer zu bleiben, wenn er denn ein »guter Hirte« ist, sie vor Gefahren beschützt und ihnen Futter und ein Zuhause gibt. Menschen und Hunde sind zwei Arten von Säugetieren, die, anders als zum Beispiel Kühe und Pferde, einige wichtige Aminosäuren und Fette nicht selbst produzieren können. Menschen und Hunde sind zwar nicht ganz so abhängig von Fleisch wie Raubtiere. Ihr Stoffwechsel liegt irgendwo zwischen dem der Raubtiere und der Grasfresser. Aber das bedeutet doch, dass sie tierische Proteine und Fette benötigen. Heute können wir diese synthetisch herstellen, sodass vegan zu leben kein Gesundheitsrisiko mehr darstellt, aber wären wir gezwungen, von dem zu leben, was die Natur uns gibt, vor allem in kalten Ländern, würden wir tierisches Fleisch und Fett benötigen – wenngleich in kleinen Mengen. Deshalb setzt sich Astrid Lindgren in einem der Artikel dafür ein, dass wir weniger Fleisch essen, aber mehr dafür bezahlen sollten, damit die Bauern mehr Geld haben, um für gute Lebensbedingungen zu sorgen. Fleisch von Tieren zu essen, die es im Leben gut gehabt haben und die dazu noch für uns nicht essbare Pflanzen in Fleisch und Milch verwandeln, wäre optimal. In den heutigen Tierfabriken lassen wir jedoch gestresste und leidende Hühner, Schweine und Kühe Getreide und Soja umwandeln in für uns schmackhaftes Protein in Form von Brathähnchen, Schweinelende, Hamburgern, Käse usw., und das schafft eine Menge ethischer Probleme.

Den Konsumenten ist es zu verdanken, dass immerhin die Hühner schnell aus ihren Käfigen kamen, weil die Menschen bereit sind, für Eier von frei laufenden Hühnern mehr zu bezahlen. Die große Nachfrage ließ die Produzenten

schnell die Haltungsbedingungen der Hühner verbessern. Immer mehr Konsumenten entscheiden sich, für Fleisch, Eier und Milchprodukte von Tieren, die unter akzeptablen Bedingungen leben oder gelebt haben, mehr zu bezahlen. Das wäre wohl nicht passiert, hätte Astrid Lindgren nicht 1985 diese Debatte in Gang gesetzt.
Eine Umfrage zum Kaufverhalten, die Anfang der 1990er-Jahre unter schwedischen Konsumenten durchgeführt wurde, zeigte beispielsweise, dass 20 Prozent der Befragten bereit waren, mehr Geld zugunsten des Tierwohls auszugeben. (Dagegen waren übrigens ganze 95 Prozent bereit, mehr für Lebensmittel zu bezahlen, die ihrer *eigenen* Gesundheit nutzen.) In Schweden, und inzwischen auch in Deutschland, enthalten die Regularien, denen die ökologische Tierproduktion unterliegt, auch Paragrafen, die das Tierwohl berücksichtigen. Kauft man also ökologisch produzierte Milch, Eier oder Fleisch, weiß man, dass die Produkte von Tieren stammen, die es ein bisschen besser gehabt haben als konventionell aufgezogene Tiere.

Hat sich das Leben für Hühner und auch für viele Schweine seit 1985 verbessert, so haben es Milchkühe inzwischen oft schlechter. Die Bestände sind größer geworden, und oft kommen nur die trächtigen Kühe und Färsen auf die Weide, vielleicht 60 bis 70 Kühe aus einem Bestand von 200 bis 500 Tieren. Ja, heute gibt es sogar Bestände mit über 1000 Kühen, und es ist natürlich schwer, Weideflächen zu finden, die für so viele Tiere groß genug wären. Obwohl ein Gesetz über das Recht auf Weidehaltung erlassen wurde, hat die Landwirtschaftsbehörde Ausnahmegenehmigungen erteilt und unter der Hand die Weidepflicht verwässert.

Trotzdem werden weidende Kühe und Kälber gern in der Werbung gezeigt, um ein verlogenes Landwirtschaftsidyll zu suggerieren. Viele Kühe werden noch ganz jung geschlachtet, ehe sie die Milchzähne verloren haben. Ein »plötzlicher Kuhtod« genanntes Phänomen hat zugenommen, vermutlich daraus resultierend, dass es sich nicht mehr lohnt, den Tierarzt kommen zu lassen, wenn Kühe erkranken. In der Realität ist der Alltag für Kühe, die mit dem Melkroboter gemolken werden, stressig. Ein täglicher Kampf darum, als Erste fressen zu können und gemolken zu werden. Die Kuh, die zuunterst in der Rangordnung ist, muss warten, bis sie dran ist, manchmal bis spät in die Nacht. Dabei sind Kühe Herdentiere und möchten gemeinsam fressen, gemolken werden und schlafen. In Laufställen, wenn die Stalltüren offen stehen und die Kühe auf die Weide gehen können, kann es passieren, dass einige Tiere aufhören, zum Melkroboter zu gehen, um Kraftfutter zu essen und sich melken zu lassen, was zur Folge hat, dass sie aufhören, Milch zu produzieren.

Das Weiderecht, das, wie wir glaubten, eine Garantie für ein gutes Kuhleben sein würde, wurde so nie umgesetzt. Milchkühe leben in großen Laufställen, wo die Tiere höchstens auf harten Auslaufflächen an die frische Luft kommen. Dort gibt es keine Weidemöglichkeit!

Vielleicht wäre Astrid Lindgren, genau wie ich, etwas enttäuscht darüber gewesen, dass sich die Lebensbedingungen der Tiere nicht mehr verbessert haben. Aber ohne sie wäre das Tierwohl nie auf die politische Agenda gekommen. Wir, die wir uns um die Tiere sorgen, sind ihr ewig dankbar. Ich bin gefragt worden, für was sich Astrid Lindgren, wäre sie noch am Leben, heute einsetzen würde. Vielleicht hätte sie sich erneut der »Amme der Welt«, der Milchkuh, angenommen, deren Situation sich in den letzten Jahren verschlechtert hat. Aber sie hätte sich auch für die gigantischen Probleme engagiert, die die Welt in der Flüchtlingsfrage hat, und für all die Kinder denen es schlecht geht. Astrid Lindgren hörte man zu, wenn sie sprach oder schrieb. Die Macht- und Sprachlosen fanden Schutz bei ihr, und ein Jahrzehnt lang durften die Tiere ein Teil von ihnen sein.
Sie fehlt uns!

Kristina Forslund, 2018

Astrid Lindgren, »bekannteste Kinderbuchautorin der Welt« (DIE ZEIT), 1907 als Tochter eines Bauern auf Näs im schwedischen Småland geboren, wurde für ihre mehr als siebzig Bilder-, Kinder- und Jugendbücher, die in sechzig Sprachen übersetzt worden sind, u. a. mit folgenden Preisen ausgezeichnet: Friedenspreis des Deutschen Buchhandels; Internationaler Jugendbuchpreis; Hans-Christian-Andersen-Medaille; Große Goldmedaille der Schwedischen Akademie; Schwedischer Staatspreis für Literatur; Deutscher Jugendliteraturpreis, Prämie. Für ihr Engagement für eine ethisch vertretbare Tierhaltung wurde ihr 1989 außerdem die Goldmedaille des Animal Welfare Institute Washington verliehen.

Kristina Forslund wurde 1948 in Motala/Schweden geboren. Ab 1974 arbeitete sie als Tierärztin. Darüber hinaus forschte und lehrte sie an der Königlichen Tierärztlichen Hochschule sowie an der Schwedischen Landwirtschaftsuniversität mit Schwerpunkt Wiederkäuer. Kristina Forslund ist verheiratet, hat vier Kinder, fünf Enkel und eine Vielzahl von Haustieren und lebt heute in der Nähe von Uppsala in Mittelschweden.